長編小説

人妻 35歳のひみつ

草凪 優

竹書房文庫

目次

※この作品は竹書房文庫のために
書き下ろされたものです。

第一章　人妻のベビードール

1

（見事に女ばっかりだな……）

加賀見遼一《かがみりょういち》は、まわりを見渡して腋《わき》に汗をかくのを感じた。

ここは西新宿にある高層ホテルの会議室。紺や黒のリクルートスーツに身を包んだ女子ばかりが、ざっと三十人はいる。

就職試験会場だった。ここが控え室で、面接は隣の部屋。

遼一は就活をしている大学生ではなかった。在学中、百社以上にエントリーしたにもかかわらず、見事に全敗したまま卒業してしまった。となると、第二新卒として再び就活し、来春の就職を目指すという道もあるが、丸一年も働かないで暮らす余裕などどこにもなかった。

三月に卒業して、おろおろしているうちにもう五月。実家からの仕送りは卒業を機にきっちりストップされ、アパートの家賃を滞納していた。このままではホームレスになってしまうと、焦りに焦って社員募集している会社に片っ端からエントリーシートを送りまくった。

その結果、唯一書類審査をパスしたのが、これから面接を受けようとしている会社だった。大企業でもなんでもない。ベンチャーもベンチャー、ファッション通販サイトを運営している極めて小規模な零細企業なはずなのに、ライバルが三十人もいることに度肝を抜かれた。

集まっているのが女ばかりなのは、レディース製品を専門に取り扱う会社だからだ。社名をＩＵＣ――インポート・アンダーウエア・カンパニーという。その名の通り、女性下着の輸入販売が事業の柱らしい。

（なんでこんな会社にエントリーしたんだ、俺……）

面接の通知を受け、遼一は呆然としながら首をひねった。おそらく、どの会社からも門前払いを受け、頭がどうかしていたのだろう。ホームレス寸前の境遇に焦りまくり、自棄《やけ》になっていたとしか思えない。

だがこの際、採用してもらえるなら女の下着でもなんでもよかった。べつに商品として取り扱うだけで、ブラジャーを着けたりパンティを穿《は》くような変態的なことを求められるわけでもないだろう。

面接の順番がやってきた。

遼一は、一緒に合同面接を受ける女子四人とともに、別室に入っていった。

テーブルに横並びになって待ち受けていたのは三人——それもすべて女だった。各々の前にネームプレートが置かれていた。真ん中が社長・佐倉夕希子《さくらゆきこ》、向かって左が副社長・山岸里美《やまぎしさとみ》、向かって右が専務・畑中千登世《はたなかちとせ》。

最初の面接でいきなり社長が出てくるなんて、会社の規模がうかがい知れるというものだが、文句は言うまい。こちらにしたって三流大学を留年すれすれで卒業し、就活は百戦全敗。贅沢を言える身分ではない。

「それじゃあ、ひとりずつ自己紹介をして、志望動機を述べてください」

社長が言い、右端に座っている女子からうながされた。遼一が座っているのは左端の席だった。つまり、順番はいちばん最後——普通に考えれば有利なはずだが、このときばかりは完全に裏目に出た。

立ちあがってしゃべる女子、しゃべる女子が、ことごとく頭がよさそうで、はきはきしていた。留学経験ありで英語には自信がありますだの、大学と服飾専門学校をダブルスクールしてましただの、自己アピールもえげつない。

遼一には、アピールできるほどの得意分野などなかった。強《し》いて言えばAVにはけっこう詳しいが、そんな話を面接で口走る馬鹿はいない。

（いや、ちょっと待てよ……）

ライバルは賢い女子ばかりとなれば、ここはひとつ、玉砕覚悟でアクロバティックな自己アピールをしてみるのも手なのかもしれなかった。正攻法で勝てそうもないなら奇襲——桶狭間《おけはざま》のころからのセオリーだ。

「はい、それじゃあ次。加賀見遼一さん」

名前を呼ばれ、「はい！」と声を張って立ちあがった。

「僕にはその……他の方々と違って自慢できるような特技や資格はなにもありません。大学の偏差値も低いし、頭の回転が鈍《にぶ》い自覚もあるし、正直言って合格する自信は一ミリもないのですが……でも、これだけは言わせてください。AV好きなら誰にも負けません！」

部屋が静まり返った。完全にすべってしまったようだった。失敗した奇襲ほどみじめなものはない。待っているのはさらし首である。

それでも続けないわけにはいかず、

「いや、あの……なぜこの場に相応《ふさわ》しくないAVの話をしたかと申しますと、AVにはですね、セクシーなランジェリーがたくさんフィーチャーされているからなんです。ぼぼぼ、僕が強く訴えたいのは、女性が下着をチョイスするとき、男性目線も多少は意識したほうがいいのではないかと、そういうことなんです……女性の素敵な下着姿は、男にとって極上のエンターテインメント、であるならば、すべての女性はエンターテイナーであるべきだと、僕はその……思うんですけど……」

失笑さえ起こらなかった。室温が十度くらい一気に下がった気がした。横に並んでいるライバルたちの横顔には、軽蔑だけがはっきり浮かんでいた。

前を見ると、社長と眼が合った。眉をひそめ、睨《にら》むようにこちらを見ていた。いま初めてまともに見たが、かなりの美人だった。

ハーフアップにされたふわふわの髪、優美な卵形の輪郭をした顔、眼鼻立ちはすっきりして、けれども眼力は二時間ドラマの主演女優のように強く、ノーブルな濃紺のタイトスーツをビシッと着こなしている。

三十歳前後だろうか。いかにもザ・キャリアウーマンという雰囲気で、遼一はそういう大人の女をテレビの中でしか見たことがなかった。はっきり言ってたじろいだ。

「それでおしまいかしら？」

訊ねる声がナイフのように鋭かった。苛立《いらだ》ちが伝わってきた。あまりの怖さに、遼一の体は小刻みに震えだした。

「おしまいなら、面接はこれまでにします。合否の結果は一週間以内に連絡させていただきます。お疲れさまでした」

社長はテーブルの書類をまとめて立ちあがり、ハイヒールを颯爽《さっそう》と鳴らして部屋を出ていった。ライバルたちもいっせいに立ちあがって「ありがとうございました」とお辞儀をしたが、遼一は呆然と立ちつくしているばかりだった。

「ねえ、キミ」

副社長がこちらに来て声をかけてきた。外国人がよくやる仕草のように、両手を上に向けて肩をすくめ、ふーっと息を吐いた。

「そんな調子じゃ、一生どこにも就職できないよ」

憐《あわ》れみの眼を向けられ、遼一は煙にように消えてしまいたくなった。

彼女も社長に負けず劣らずの美人だった。キラキラした金髪のロングヘアにショッキングピンクのタイトスーツというド派手な格好をしているせいで、芸能人のような輝きさえある。

もうひとり、専務の人はひっつめ髪に黒縁メガネという地味な容姿だったが、やはり遼一のほうを見て、やれやれと溜息をついている。

（ちっ、ちくしょう……）

自分が場違いな人間であることくらい、遼一だってよくわかっていた。だから、一発逆転を狙って過激なことを口走ったのだ。

ドンすべりしてしまったのは、しようがない。失敗なんて誰にでもあるのに、そんなに睨んだり、憐れんだり、溜息をついたりしなくてもいいではないか。人の心の傷口に塩をすりこんで、いったいなにが楽しいのか。

「しっ、失礼しますっ！」

叫ぶように言って、その場から逃げだした。涙がこみあげてきそうだった。このうえ泣いてしまったりしたら、恥の上塗りになるだけだった。

勢いよく部屋を飛びだしてみたものの、廊下の向こう、エレベーターホールはリクルートスーツ姿の女子たちでごった返していた。

面接会場は十階にあった。一階に降りるまでしばらくかかる。一緒に面接した女子たちと一緒になったら、地獄の十数秒となる。

踵《きびす》を返し、トイレに飛びこんだ。個室に閉じこもると、涙をこらえきれなくなった。

あまりの不甲斐なさに、十分くらいむせび泣いていた。

「……ふうっ」

さすがにもう誰もいなくなっただろうと、個室から出て顔を洗った。さすが高級ホテルと言うべきか、内装もリッチかつエレガントなら、ペーパータオルではなくおしぼりが置いてあった。

顔を拭《ぬぐ》ってトイレを出た。次の瞬間、一歩も動けなくなった。エレベーターホールを占拠していた女子たちはすっかりいなくなっていたが、濃紺のタイトスーツを身にまとった美女が、ハイヒールを鳴らしてこちらに歩いてきた。

社長の佐倉夕希子だった。

眼が合ってしまった。夕希子は険しい表情をしていた。遼一は壁にへばりついてやり過ごしたくなったが、もちろんそんなことはできない。すれ違いざま、また心の傷口に塩をすりこまれることを覚悟するしかなかった。

2

（見逃してくれ……見逃してください……）

遼一は下を向いて立ちすくみ、夕希子をやり過ごそうとした。祈りは通じず、夕希子は遼一の前で立ちどまった。下を向いていたので、ピカピカに磨きあげられた黒いハイヒールが見えた。爪先についたゴールドの飾りが、ハートをえぐる凶器に思えた。

「あなた、これからちょっと時間ある？」

一瞬、自分に言われた台詞《せりふ》だとは思えなかった。しかし、廊下には他に人影はなかった。

「えっ？　じっ、時間ですか……」

上目遣《うわめづか》いで顔をあげ、間抜けなオウム返しをしてしまう。

「そう、このあとに予定があるかしら？」

「とくにないですが……」

「じゃあ、ちょっとついてきて」

夕希子は踵を返し、エレベーターホールに向かった。遼一はしかたなくついていった。心臓が激しく胸を打っていた。三人並んでいた面接官の中で、彼女がいちばん怖い顔をしていた。つまり、いちばん憤慨していた、ということだろう。嫌味なひと言やこれ見よがしの溜息ではなく、もっと念入りに傷口に塩をすりこまれるのだろうか。

夕希子がボタンを押し、エレベーターの扉が開いた。先に乗るようにうながされた。

あとから乗ってきた夕希子は、四十二階のボタンを押した。

意味がわからなかった。

チン！　と音が鳴ってエレベーターが停止し、夕希子と遼一は四十二階で降りた。会議室の類《たぐ》いではなく、宿泊客用の部屋があるフロアのようだった。

夕希子はカードキーで扉を開けると、

「どうぞ」

と言って先に部屋に入っていった。遼一が知っているホテルの部屋とは様子が違った。まず、ベッドが見当たらない。ゆったりしたL字形のソファに重厚な木製のデスク——宿泊用の部屋というより、書斎とリビングが一体化したような空間だった。

「座って」

勧められるまま、ソファにちょこんと腰をおろす。もたれかかることなどとてもできず、背筋を伸ばした苦しい体勢だ。

「ここはよく商談に使う部屋なの。午前中にちょっとしたミーティングがあってね。面接会場もそうだけど、べつに見栄張ってホテルを使ってるわけじゃないのよ。オフイスが手狭なの。倉庫も兼ねてるから」

「あっ、通販で送る商品の」

「そう」

夕希子はうなずいて隣に腰をおろすと、長い脚をさっと組んだ。

「よかったわね」

「ええーっと、なにがでしょう？」

「あなた、あともう一歩で合格よ。これから最終面接をします」

遼一はパニックに陥《おちい》りそうになった。からかわれていると考えたほうが、リアリティがあった。

「ＡＶが好きなのね？」

ニコリともせずに、夕希子は訊ねてきた。

「いや、その、すみません。あれはちょっと意表をついたことを言ってみようと思っただけでありまして……」

「なによ。好きなら好きって言えばいいでしょ。嘘をつくと、結局は自分の首を絞めることになるわよ。何事においてもね」

「……はあ」

「ＡＶが好きなのね？」

「……はい」

「べつに恥ずかしがることじゃないわよ。あなたの年なら、むしろ当然。AVなんて絶対見ませんなんていう人のほうが、少ないいんじゃないかしら」

「そう言っていただけると救われますが……」

「これ、ちょっと見てもらえる？」

夕希子がブリーフケースから一枚の紙を取りだした。折れ線グラフが印刷されていた。青い線と赤い線が山をつくっている。ただ、なんのグラフかわからない。縦軸にも横軸にも、数字しか記されていないからだ。

「なんのグラフだと思う？」

「いやあ、わかりません……」

「すぐに諦めないで、考えてみなさい」

「はあ……」

青い線を眼で追った。縦軸は〇から一〇〇で、横軸は〇から七〇。山の頂点は横軸の一六から一八、そこから緩やかに右肩さがりになっていき、三〇を過ぎたところと、四〇を過ぎたところで、ガクンガクンと落ちている。

もう一本の赤い線は、頂点が横軸の三五。そこから緩やかに右肩さがりになって、それが最後まで続いている。

正直、さっぱりわからない。

「ヒントをあげましょうか」

歌うように、夕希子が言った。

「ぜひお願いします」

「青い線は男性で、赤い線は女性。横軸は年齢……もうわかったでしょう？」

遼一は首をかしげるしかなかった。

「わからない？　男性のピークが十六歳から十八歳。まあ、高校生よね。で、女性のピークが三十五歳。簡単じゃないの」

可能な限り、頭をフル回転させた。女のことはわからないが、男のほうは身に覚えがあるはずだった。自分が十六歳から十八歳までがピークだったもの——オナニーの回数しか思いつかなかった。

「たっ、体力ですか？　スポーツとかの……」

「惜しい。けど違う。競技にもよるけど、女の人で三十五歳のオリンピック選手なんている？　例外をのぞけば、体力のピークは男女ともに二十代前半でしょうね」

「きっ、記憶力とか？　じゃなかったら集中力」

「そんなものに男女の差なんてあるのかしら？　正確にはあるかもしれないけど、答えは別」

「じゃあ……じゃあ……」

額に脂汗《あぶら》を浮かべている遼一の耳元に、夕希子が唇を近づけてきた。

「性欲よ」

ゾクッとするようなウィスパーヴォイスを耳に注ぎこまれ、遼一の息はとまった。

「男と女の性欲のピークには、これだけの差があるの。あなたも身に覚えがあるでしょう？　高校生のときは、精力がありあまってしようがなかったんじゃない？　いいのよ、恥ずかしがらなくて。神様が人間をそういうふうにつくったんだから。問題はね、女の性欲のピークが三十五歳ってこと」

「さっ、さすがですねえ……」

遼一はわざとらしい笑顔をつくった。頬がバキバキにひきつっていた。

「インポート下着を扱ってると、そういうことにも詳しかったりするんですね。勉強になるなあ……」

「下着は関係ないのよ」

キッと睨まれ、遼一のハートは凍りついた。

「わたしが言いたいのはね、女の性欲は三十五歳……男子高校生みたいに、ちょっとしたことでムラムラしちゃうお年ごろってこと。ちなみに、わたしは何歳に見える？」

「……二十九とか？」

「三十五よ」

視線が合った。笑って誤魔化すことはできなかった。夕希子が真顔だったからだ。それも、とびきり険しい……。

「さて……」

夕希子は声音《こわね》をあらため、ふーっと息を吐きだした。

「ここまで言えばもうわかったわよね？」

「なっ、なにがでしょうか……」

遼一はもう、ほとんど泣きそうになっていた。夕希子の言動が、なにもかもわからないことだらけだったからだ。

「わたしが今回の応募で採りたい人材は、英語ができる人なんかじゃないの。わたしは英語どころか、フランス語もイタリア語もしゃべれるの。優秀な人材なんて欲しくないのよ。わたしには会社を大きくしたいっていう野望なんかこれっぽっちもないし、そんなものがなくてもけっこう儲かっちゃうくらいビジネスセンスに長《た》けてる。わたしはただ……毎日を楽しく、刺激的に生きていきたいだけ」

「カッコいいです、社長」

「カッコなんてどうだっていいのよ。いま言った情報をすべてひっくるめて、わたしが欲しい人材をあててみて？」

「まっ、まさか……」

遼一は声を震わせた。自分の頭に浮かんだ解答に戦慄した。はっきり言って下ネタだった。しかし、隣に座っているイカしたキャリアウーマンは、先ほどから下ネタじみた話ばかり振ってきているではないか。

「なっ、なんていうか、その……実は今回の面接、社員を募集してたんじゃなくて、セッ、セフレを探してたとか？」

そうであるなら、自分が合格の一歩手前であることも理解できる。面接会場にいた唯一の男なのだから、三流大学卒だろうが、外国語がまるでダメだろうが、セフレになれる資格だけはある。

だが、さすがに発想が悪い方向に飛躍しすぎていたようで、夕希子の顔からすーっと血の気が引いていった。

「すっ、すいません！　おかしなこと言ってごめんなさい。失言でした。まさか、そんなこと……失礼しました」

「どこが失礼なのよ？」

夕希子に睨まれた。眼が据わっていた。

「社員を募集してたのは本当よ。と同時に、セフレも探してたけど悪い？　セフレっていうか、プライヴェートも共有できるパートナーね。わたしがいま求めてるのは、優秀な部下であり、欲望も満たしてくれる異性……愛人をコネで入社させるハゲオヤジみたいだけど、恥じるつもりはありません」

「冗談ですよね？」

「わたしがその手の冗談を言うタイプに見える？」

「だって、その……」

遼一の視線は、夕希子の左手に向かった。薬指に銀の指輪が光っていた。

「ご結婚なさってるんですよね？」

「キミの眼は節穴なの？」

夕希子は先ほどのグラフの紙を遼一の目の前に突きつけてきた。

「わたしの夫は六つ上で、いま四十一歳。青い線の四十一歳と、赤い線の三十五歳、どれくらい離れてるか、よーく見て」

遼一はまじまじとグラフを見た。青い線の四十一歳地点は、赤い線の三十五歳のかなり下にあった。もはや底辺すれすれ、縦軸が一〇あたりだから、女の性欲が一〇〇に対して、男の性力は一〇ということになるのだろうか。

「これが世に言うセックスレスの正体よ」

夕希子は吐き捨てるように言った。

「男の性欲のピークと女の性欲のピークには、そもそも二十年近くのタイムラグがあって、そのうえ女は年上の男と結婚する傾向が強い。妻がムラムラのピークのときに、夫の性欲は真っ逆さまに落ちていってるってわけ」

遼一は顔が熱くてしかたがなかった。真面目な顔で話しているが、夕希子はいま、自分たち夫婦がセックスレスであることを告白しているのである。

「いや、でも、四十一歳でお盛んな男も、けっこういそうですけど……」

「浮気してればね」

また睨まれた。

「家庭を顧《かえり》みず若い女のお尻を追っかけてるような輩《やから》は、まあ、そうかもしれない。でもね、きちんと奥さんを愛してて、家族を幸せにするのが生き甲斐で、ついでに子煩悩だったりしたら、四十一歳でたいていこうよ」

立てた親指を下に向ける。

「でもね……」

急にせつなげに眉根を寄せた。

「自然の摂理だから、わたしは夫を責めたくない。彼のことは愛しているし、このまま一生添い遂げるつもり。だけど逆にね、わたしの性欲がピークなのも自然の摂理なのよ。わたしが悪いわけじゃない。神様が決めたことに、逆らいきれないだけ……」

「つまり……」

コホンとひとつ咳払いをしてから、遼一は続けた。

「社長は僕に、バター犬になれ、とおっしゃっているわけですね？」

「そんなことひと言も言ってないでしょ！」

夕希子は眉を吊りあげた。

「わたしはただ、抱いてほしいときに抱いてくれて、舐《な》めてって言ったら一時間でも二時間でも舐めてくれて、余計な口は決してきかず、自分の欲望よりわたしの満足を優先してくれたうえに、会社でもテキパキ働いてくれる、そんな素敵なパートナーが欲しいだけなんだから……」

遼一はそれらをまとめて「バター犬」と表現したわけだが、反論はしなかった。夕希子を見た。お互い無言で、視線と視線をぶつけあった。

(見れば見るほど美人なのに、中身は……エロすぎる……いや、エロなんて言い方じゃ生ぬるい。ズル剝《む》けのドスケベ女だ……)

これが世に言う社会の荒波なのかと思うと、魂が小刻みに震えだすのをどうすることもできなかった。

3

「大変申し訳ございませんが……」

遼一は背筋を伸ばし、両膝をパンと叩いてから続けた。

「いまのお話、慎んで辞退させていただきます。他言はいっさいいたしませんので、これにて失礼……」

立ちあがろうとしたが、

「待ちなさいよ」

夕希子に腕をつかまれ、立ちあがることができなかった。

「どうして断るわけ？　就職したいんでしょう？　ちゃんと採用してあげるわよ。福利厚生だって整ってるし、特別なお仕事を頼むぶん、報酬だってそれなりに手厚くしてあげるし……」

「就職はしたいです。喉から手が出るほど採用通知が欲しいです。でも……」

遼一は声を震わせながら、膝の上で拳を握りしめた。

「お引き受けできない理由がふたつあります」

「言ってみなさいよ」

「露骨な話をしていいですか？」

「わたしはさっきから露骨な話しかしてないけど」

「童貞なんです」

海の底に沈んだような静寂が、一瞬訪れた。

「セックスしたことがないんですよ。とても、その……社長を満足させられる自信がありません……」

夕希子はぼんやりと遼一の顔を見つめている。

「驚きませんね？」

「まあ、想定外では、ないかな……」

「僕って、見るからに童貞っぽいでしょうか？」

「それより、もうひとつの理由を聞かせて」

「それは……」

遼一は深呼吸を二度ばかりしてから続けた。

「やっぱり、その……彼女いない歴二十三年で、いきなり人妻の女社長に手込めにされてしまうのは……言い方悪いですけど、就職するために体で奉仕するとか……そんなことしたら、明るい未来が閉ざされてしまう気がするんですよ。僕はモテない男ですけど、モテないなりに頑張って、きちんと人を好きになって、胸が苦しくて夜も眠れないようなロマンティックな恋愛をしてみたいって、そう思ってるから……」

夕希子は黙ってる。

「おかしいですか？　童貞のイカくさい戯言《ざれごと》に聞こえます？」

「ううん……」

夕希子はまぶしげに眼を細めて首を振った。

「そういう気持ちは、よーくわかる」

「わかるわけないでしょ、社員募集でセフレを探している人に！　この年まで童貞でいる僕の気持ちなんて！」

「わかるのよ……」

夕希子は身を乗りだし、遼一の耳元に唇を近づけてきた。

「わたしも二十五歳まで処女だったの」

ウィスパーヴォイスを耳に注がれ、遼一の息はとまった。甘い声がいやらしすぎて、もう少しで勃起してしまうところだった。

「初体験の相手がいまの夫なんだけど、それはともかく……わたしね、青春時代に、ずーっと嘘をついて生きていたの。高校生くらいになると、処女なんてダサいって風潮になるでしょ？　実際、ダサいわよね？　男から男へ蝶のように飛びまわって、奔放に生きている恋多き女のほうがずっとカッコいい。でも、わたしには無理だった。エッチするのが怖かったし、男の人の前で裸になることを想像しただけで、恥ずかしすぎて膝がガクガク……でもその一方で、わたしはクラスのリーダー的存在だったのよ。わかると思うけど、わたしはいつだってスクールカーストの頂点にいました。ダサい女でいることなんて許されない立場だったわけ。だから嘘をつくしかなかったの。ヴァージンなんて十五の春に捨てちゃったって、無茶な見栄を張ったりして……それから十年も……処女のままだったのにね……」

夕希子が遠い眼をして瞳を潤ませたので、

「たっ、大変ですね、カーストトップの方も……」

遼一は思わず同情してしまった。自分が彼女と同じクラスにいたならば、女王様と下僕くらいの格差があったに違いないが……。

「だから、キミの意見を尊重したい。きちんと人を好きになって、ロマンティックな恋愛をしたいっていう気持ちを……」

「わかってくれますか！」

「もちろんよ」

夕希子は柔和な笑顔でうなずき、

「だから、こうしない？　キミは今日ここで童貞を捨てる」

「はっ？」

「奥にベッドルームがあるから、そこでわたしと初体験を済ましちゃいなさい」

「どうしてそういう話になるんですか？」

「だってキミ、モテないなりに努力したいんでしょ？　努力ってそういうことよ。女を知る努力……はっきり言うけど、童貞のままだったら永久に彼女なんてできませんからね。同世代の女の子に僕童貞なんですって言ってごらんなさい。洟《はな》も引っかけてもらえないから。気持ち悪いーって」

「気持ち悪いはないでしょ、セックスしたことないくらいで。どっちかって言ったら清らかな……」

「じゃあキミ、免許もってない人が運転するクルマの助手席に乗れる？」

「えっ……」

「童貞の男っていうのは、同世代の女の子にとってそういう存在なのよ。正確に言えば、気持ち悪いんじゃなくて怖いの。当たり前じゃない？　アクセルとブレーキの区別もつかない人間に、自分の体の運転をまかせられるわけないもの。それはわかるでしょ？」

「それは……そうかもしれませんけど……」

「でも、安心して」

不意に手を握られ、遼一はビクッとした。

「ここに敏腕の教官がいるから」

親指を立てて自分を指差した夕希子は、けっこうな美人にもかかわらず、たまらなく男前に見えた。

「ちゃんと教えてあげるから、女の体の運転の仕方」

「でも、その……」

「わかってる」

皆まで言うなという顔で、夕希子が制した。

「うちの会社で採用して、社員兼セフレになってもらう話はきっぱりと諦める。そうじゃなくて、これは二十五歳まで処女だったわたしからのシンパシー。ここで会ったのもなにかの縁でしょ？　わたしにはあなたが死ぬまで童貞の未来が見えるから、放っておけないだけ」

眼を細めたせつなげな表情で見つめられ、遼一は反論できなくなった。気がつけばコクリとうなずいていた。

丸めこまれてしまったみたいで悔しいけれど、間違いのない事実がひとつあった。これから先、いくら血の滲《にじ》む努力を重ねたところで、夕希子ほど美しい女と自力でベッドインするチャンスは、二度と訪れないだろうということである。

4

（大丈夫か、俺……）

ベッドにちょこんと座っている遼一は、そわそわと落ち着かなかった。

シャワーで清めた体を、ホテル備えつけのバスローブで包んでいた。生地がやたらと柔らかくて着心地がよかったが、それに浸っていることもできない。

夕希子はいまシャワーを浴びている。

これから彼女を相手に嬉し恥ずかしの初体験――あまりに突然訪れたチャンスに、心の準備が間に合わなかった。

どうせ二十三歳まで童貞だったのだから、愛し愛された女を抱いて大人の男になりたいという思いも当然ある。

しかし、夕希子の話には一理も二理もあるような気がしたし、最近童貞を捨てたばかりの友人が、飲み会でこんなことを言っていたことを思いだした。

「ようやくセックスを体験できたよ。祝福すべきことなんだろうが、俺は心で泣いている。相手はゆきずりの女……はっきり言ってデブなブスだった。乃木坂46に青春を捧げている俺の理想とは、一億光年もかけ離れていた。でも、いかにもやらせてくれそうだったんで、俺は自分に言い聞かせたよ。『童貞に選り好みする資格なし』……相手を選んでいる暇があったら、たとえしょっぱい経験でも積み重ねたほうがいいはずだってね……俺は眼をつぶって崖《がけ》から飛んだよ。マカオタワーからバンジージャンプをしたことで乃木坂の不動のエースに成長した、なぁちゃんを瞼《まぶた》の裏に思い浮かべながら……結果は、悪くなかった。蕩《とろ》けるような快感って、こういうことを言うんだなと思った。びっくりしたのは、射精のあとに見たデブスの顔が、なぁちゃんより可愛く見えたことだった。あれには衝撃を受けた。もっと衝撃的だったのは、ちょっと血迷って付き合ってほしいってコクッたら、『あんた、顔が嫌い』って秒でフラれたことだけど……」

心で泣いていると言いつつも、童貞喪失談を語る彼はとても誇らしげで、遼一は羨《うらや》ましかった。それまでは自信過剰が鼻につくやつだったが、自虐ギャクを織り交ぜながら座を沸かせる男に成長を遂げていたのにもびっくりした。

ドクンッ、ドクンッ、と心臓が鳴る音が聞こえる。

(今度は俺が、眼をつぶって崖から飛びおりる番だな……)

すべてが終わり、眼を開ければ、きっと世界が変わっている――そんな恍惚《こうこつ》と不安に打ち震えながら、夕希子を待った。

商談に使っているというリビングスペースは、書斎ふうの重厚な雰囲気だったが、ベッドルームはそれとはまったく違い、ダークオレンジの間接照明が灯《とも》ったムーディな空間だった。

キングサイズというのだろうか、普通よりずいぶん大きいベッドが鎮座している以外、部屋には余計なものがなにもない。

静かだった。ともすれば、ここが大都会新宿にあるホテルであることも忘れてしまいそうな静寂が、部屋を支配していた。

ノックの音が静寂を破った。扉が開いた。ほんの少しだけだ。夕希子が顔をのぞかせた。ハーフアップだったふわふわヘアが、全部肩までおろされていた。

「引かないでよ」

眼を泳がせながら、恥ずかしそうに言った。

「笑うのもなしだからね」

ゆっくりと扉が開いていき、夕希子が部屋に入ってきた。真っ赤な服を着ていた。服というか下着だ。ベビードールというのだろうか、キャミソールドレスのような感じで、肩も胸元も剝きだしだった。裾丈《すそたけ》が異常に短く、下半身は太腿《ふともも》が付け根のあたりから全部見えている。

（うっ、嘘だろ……）

インポート下着の販売を手がけているくらいだから、セクシーランジェリー姿を多少は期待していたが、やりすぎである。こんなエッチなものを着ている人なんて、グラビアモデルかＡＶ女優だけだと思っていた。

鼻血の出そうな光景に、遼一は放心状態に陥った。ベビードールがキャミソールドレスと違うのは、生地がレースや極薄のナイロンで、素肌が透けているところだった。ノーブラであることに気づいた瞬間、遼一は痛いくらいに勃起した。乳首こそレースに隠れているものの、乳房の下のカーブははっきり見える。

下半身は、パンティが透けていた。これでもかと股間に食いこんだ、スーパーハイレグタイプのパンティが……。

「ミラノに仕入れに言ったときに、自分用に買ったんだけど……」

夕希子がもじもじしながら言った。タイトスーツをビシッと決めていたときとは、なんだかキャラが変わっていた。

「いままで着る機会がなくて……思いきって着てみちゃった」

わざとらしく頭をかいたり、胸の前で手首をこすったり、あげくの果てにはくるりと一回転ターンまででした。

美人でスタイルもよさそうだから堂々としていればいいのに、恥ずかしそうにしているから、よけいにエロい。なんというか、容姿はそのままに、態度だけがブリッ子アイドルみたいになっている。

遼一はブリッ子が嫌いだった。その媚《こ》びた態度が許せない、と見るたびに鼻白んだ。童貞仲間にはアイドルファンが多く、ブリッ子を擁護する声もよく聞こえてきたが、彼らとはわかりあえないと思っていた。

ようやく理解できた。ブリッ子はエロいのだ。しかも、夕希子は先ほどまで、有能な女社長であることを隠そうとしていなかった。自信に満ちあふれたキャリアウーマンだった。そんな彼女がブリブリしているから、よけいに……。

「なんか言ってよ」

夕希子は照れ笑いを浮かべながら、遼一の手を引いた。立ちあがった瞬間「えっ？」と思った。

夕希子の背が小さかったからだ。身長一七三センチの遼一に対し、ゆうに一〇センチは低い。先ほどまで——ホテルの廊下を歩いていたときやエレベーターに乗っていたときは、目線が同じくらいにあったはずだ。

社長のオーラで大きく見えたのだろうか？

いや、違う。夕希子はいま、裸足なのだ。廊下やエレベーターでは、ピカピカの黒いハイヒールを履いていた。高い踵《かかと》が差し引かれたぶん、小さくなったのである。

「わたしだけ下着姿なの、恥ずかしいな」

元より甘かったウィスパーヴォイスに、舌っ足らずが加わっている。しかも、背が低くなったということは、ブリッ子の伝家の宝刀を抜くことができる。

「キミも脱いで」

上目遣いでじっと見つめられ、遼一は泣きそうになった。どういうわけか、感極まってしまいそうだった。それほど破壊力のある上目遣いだった。夕希子はひとまわり年上の三十五歳。社会的地位もあれば、おそらくお金もたくさんもっている、まごうことなき大人の女なのに、可愛いと思ってしまった。

（大丈夫か？　本当に大丈夫か、俺……）

上目遣いで見つめられながら、バスローブを脱いだ。手指が滑稽なほどぶるぶると震えていたので、ベルトをほどくのに手間取った。夕希子は急《せ》かさず、黙って待っていてくれた。

ブリーフ一枚になった。気合いを入れて面接に臨むため、アンダーアーマーの黒いブリーフを穿いていた。ぴちぴちの新品だ。洗いざらしのよれたブリーフでなかったことは救いだったが、前がもっこりふくらんでいた。

我ながら間抜けな姿だった。てっきりからかわれると思ったのに、夕希子は上目遣いのまま、つまり股間は一瞥《いちべつ》もせずに、両手をひろげて抱きついてきた。

（うわあっ……）

遼一は感動してしまった。夕希子は体重をかけずに、ふわりと両手を首にからみつけてきたのだ。まるで背中に羽が生えている天使のようだった。

それでも、お互い下着姿なので、素肌と素肌は触れあっている。密着している部分から、女の体のぬくもりが伝わってくる。

「キスして」

夕希子は上目遣いで、ずっとこちらを見つめつづけている。ほとんど瞬《まばた》きをしないせいなのか、あるいはもっと別の理由があったりするのか、ねっとりと潤んでいる黒い瞳がセクシーすぎる。

「ぼぼぼ、僕……キスも初めてなんですけど……」

「大丈夫。キスなんて、口と口をくっつけるだけじゃない。フランスやイタリアじゃ、子供だって挨拶でやってるわよ」

「そっ、それじゃあ……」

遼一は覚悟を決め、唇を近づけていった。夕希子に抱きつかれているから、そもそも顔と顔の距離は近かった。ほんのちょっと勇気を出すだけでよかった。ほんのちょっと……。

夕希子の唇を見た。それほど大きくも分厚くもないが、ローズピンクの色が艶《なま》めかしく、表面に光沢があってプルンプルンしている。

唇を、重ねた。

ファーストキスは甘酸っぱいレモンの味——そんなわけないだろうと思っていたが、そうであったらいいなとも思っていた。しかし、現実はいつも童貞に冷たい。

夕希子の唇が動きだした。こちらの唇を吸っている。続いて、舌が差しだされた。こちらの唇をねっとりと舐めてくる。

遼一は眼を見開いたまま、凍りついたように固まっていた。夕希子が上目遣いのまま、舌をダラリと伸ばしてくる。

元が美形なだけに、卒倒しそうなほどいやらしかった。美人というのは暴力だと思った。舌を差しだしただけで、どうしてこんなにも淫らな顔になるのだろう。

呆然としている遼一をよそに、夕希子はこちらの口の中に舌を差しこんできた。遼一は最初、反応できなかった。よく動く夕希子の舌によってじわじわと口を開かされていき、やがて舌と舌をからめあわされた。

（こっ、こんなエロいキス、フランスやイタリアの子供がやってるわけないじゃないか……）

憤《いきどお》っている場合ではなかった。夕希子は眼つきと舌の動きで、キスをリードしてきた。言葉はなくても、なんとなく求められていることはわかった。彼女と同じように、舌を口の外までダラリと伸ばせばいいのではないか……。

　やってみた。夕希子は潤んだ瞳の奥で少し笑った。それでいいのよ、と褒められた気がした。こちらが舌を口の外に出したことで、舌と舌のからめあいはそれまでよりずっと濃厚なものになった。離れる瞬間、唾液が糸を引いた。

　ディープなキスになったせいもあるだろうが、夕希子は異常に唾液の分泌量が多い気がした。舌からしたたっているようだった。こちらの口に流れこんできた彼女の唾液を、こっそり嚥下《えんげ》してみた。

　甘かった。ちょっとだけ酸っぱくもあった。ファーストキスはレモンの味ではなかったけれど、美人の唾液の味はたまらなく美味だった。

「おいしい？」

　夕希子がウィスパーヴォイスで訊ねてきた。いくらこっそり嚥下しても、キスをしているのだから簡単にバレてしまったようだ。

「おっ、おいしいですっ……とっても甘くて……」

「甘い？　本当かな？」

「本当です」

「もっと飲みたい？」

「はい」

「じゃあ、しゃがんで」

遼一がしゃがむと、上を向いて口を開くように言われた。

夕希子はその口の中に、唾液を垂らしてきた。ツツーッと糸を引いた唾液が、遼一の口の中に落ちてきた。

5

（おいしい……なんておいしいんだ……）

遼一がもういいと言わないので、唾液垂らしは延々と続いた。

いくら飲んでも飲み飽きなかった。日本人は欧米人に比べて匂いが薄いと言われているが、人によって微妙な体臭があるように、唾液の味にも個性があるのかもしれない。少なくとも、自分の唾液の味とはあきらかに違うものを嚥下している。体の内側に夕希子の口の匂いが充満していくようで、ひどく興奮してしまう。

まだまだいくらでも飲めると思っていたが、遼一は夕希子の足元にしゃがんでいた。目の前は彼女の下半身——真っ赤なレースのベビードールを着ているから、太腿がほとんど全部剝きだしだった。肌の白さもとびきりだが、顔に似合わないほどむっちりと肉感的な太腿に、見ているだけでノックアウトされそうだった。

触りたかった。頰ずりだってしてみたかった。だが、童貞の分際で、勝手に動くことは許されない。

穴が空くほど見つめていた太腿から、視線をはずした。下にはずせばよかったのに、上にはずしてしまった。

そこにあるのは、当然股間だ。

真っ赤なベビードールは極端に裾丈が短かったが、ぎりぎり股間は隠れていた。とはいえ、透ける素材なので、股間にぴっちりと食いこんでいるパンティは見えている。やたらときわどいハイレグで、色と素材はベビードールとお揃いのようだった。

ドキンッ、と心臓が跳ねあがった。

ということは、先ほどからチラチラ見えている黒いものは、デザインされた刺繡《ししゅう》などではなく、透けた陰毛……。

「体に熱い視線を感じるけど……」

夕希子がもじもじと身をよじる。

「触りたいのかな？」

遼一はごくりと生唾《なまつば》を呑みこんでから、しっかりとうなずいた。

「どこを？」

「そっ、それは……」

遼一が口ごもると、

「おっぱい？」

夕希子は両手の人差し指を立て、自分の胸を指した。

「それとも太腿？」

左右の指が下に向かう。なんだかアイドル歌手の振りつけみたいだ。

「いちばん視線を感じるのはここだけど……」

股間の前で指をくるくるとまわす。

「いきなりここは、ちょっとね……」

「ぜっ、全部触りたいです！」

遼一は叫ぶように言った。触りたいところがありすぎて、頭がどうにかなってしまいそうだった。

「いきなり全部は無理じゃない？　それに……」

夕希子はクスクスと笑い、くるりと背中を向けた。

「お尻ってチョイスも忘れないでね」

真っ赤なベビードールに、ふたつの尻丘が透けていた。鏡餅がふたつ並んでいるような迫力だった。Tバックなので、パンティの保護がないのだ。

さらに、四つん這いになってこちらを振り返り、眉根を寄せて親指の爪を噛《か》んだ。昔グラビアモデルでもやってたんですか？　と突っこみたくなるほど、悩殺ポーズが決まっている。

「しゃ、社長っ！」

頭に血が昇った遼一は、鼻息荒くむしゃぶりついていった。ここまで挑発されて、冷静でいられるわけがなかった。

しかし、夕希子はさっと膝立ちになってかわすと、

「ダーメ」

突進していった遼一のおでこを押さえた。

「これはキミの初体験なのよ。ずっと思い出に残る大切な儀式なの。そんなふうに本能のままに振る舞ったら、一生後悔することになると思うけど……」

「すっ、すいません……」

遼一は深くこうべを垂れた。

「それに……」

夕希子は拗《す》ねたように唇を尖《とが》らせて身を寄せてきた。

「こうやってイチャイチャしている相手を呼ぶのに、社長はないんじゃない？」

立てた人差し指で、脇腹をぐりぐりえぐってくる。

「なっ、なんて呼べば？」

遼一は身悶えながら訊ねた。

「わたしのファーストネーム、知らない？」

「ゆっ、夕希子さん」

「ふふっ、記憶力いいのね」

夕希子は満足げにうなずき、遼一の手を取って立ちあがった。

「名前を覚えてくれてたご褒美に、いいことしてあげる」

おっぱいや太腿やお尻を触らせてくれる話はどこに行ったんだ、と思ったが、遼一はなにも言えなかった。

夕希子はクローゼットの前に立つと、スライド式のドアを横にすべらせた。巨大な鏡が姿を現した。クローゼットの扉と同サイズだから、畳一畳ぶんもありそうな姿見である。

「ねえねえ、わたしたち恋人同士に見えるかな？」

夕希子が腕をからませてくる。ふたりは鏡に向かって立っていた。黒いブリーフ一枚の男と、赤いベビードールの女が身を寄せあって……。

がっかりだった。夕希子が美人すぎて、まったく釣りあいがとれてない。

「美人女優がうっかり冴えないマネージャーと籍を入れてしまいました、みたいなツーショットですね」

夕希子はクスクス笑い、

「キミってあんがい、ユーモアのセンスあるのね」

「そうでしょうか……」

「わたしがまだ独身だったら、キミみたいにずっと年下の恋人が欲しかったわよ」

「お世辞でも嬉しいです」

「もう！」

夕希子が頬をふくらませる。

「そうやって卑屈にならないの。少なくてもいまは、わたしたち恋人同士みたいなものでしょう？　童貞を卒業して部屋を出ていくときまでは、しっかり恋人役を務めてくれなきゃ」

「……わかりました」

遼一は鏡に映った自分の顔が、赤く染まっていることに気づいていた。薄暗い間接照明の部屋なので目立たないが、明るい場所で見たら真っ赤に染まっているかもしれない。

赤くなっているだけではなく、ひどくこわばっていた。額をはじめ、顔中が脂汗でテカッていた。

（くっ、苦しい……この苦しさは拷問だ……）

夕希子はやけに楽しそうにはしゃいでいるけれど、遼一は先ほどからずっと猛烈に勃起しっぱなしだった。ただでさえ血液が股間に集まってくらくらするのに、おろしたばかりのぴちぴちブリーフに締めつけられて、苦しくてしようがない。

「パンツ脱ぎたいって思ってるでしょう？」

夕希子が悪戯っぽく鼻に皺を寄せて言った。

「どうしてわかるんですか？」

「教官だから、なんでもわかっちゃうの」

夕希子は楽しげに言いながら、遼一の足元にしゃがみこんだ。片膝を立てたしゃがみ方が、上品というか奥ゆかしいというか、素敵だった。

けれども、その熟れた肢体は扇情《せんじょう》的な赤いベビードールに飾られ、太腿はほとんど全部剝きだし――いやらしすぎて息もできない。

だが、そんな戯言を考えていられたのも束《つか》の間《ま》のことだった。

「すごーい、元気……」

夕希子の細い指先が、ブリーフの隆起を撫でた。あまりに強く勃起しすぎて、ブリーフを穿いていてもその形状がわかるほどだった。その両サイドを、親指と人差し指でなぞられた。

「おおっ……むううっ……」

遼一は滑稽な声をもらして腰を引いた。

「ダメでしょ、逃げたら」

夕希子が股間に右手を伸ばしてきた。手のひらが上を向いていた。つかまれたのは、睾丸だった。

「むっ……ぐっ……」

痛みを感じるほど強く握られたわけではなかった。しかしそこは、男の急所中の急所。自然と、引いていた腰が元に戻った。むしろ気をつけを通り越して、腰を反るような体勢になると、

「おー、よしよし」

夕希子は左手で前の隆起を撫でてきた。亀頭のあたりだった。熱い我慢汁が先端から噴きこぼれた。

「苦しいから、早くパンツ脱がしてほしい？」

「……でっ、できれば」

「でも、脱がせたら、オチンチン見られちゃうよ。いままで女性に見られたことないんでしょ、童貞だから」

「……はい」

「わたしに見られたいのね？　誰にも見られたことがないオチンチン」

「いや、べつに……そういうわけでは……」

「なによう」

夕希子は悔しげな顔で言うと、ブリーフの上からペニスを頬張ってきた。より正確に言えば、ハムハムした。遼一は衝撃を受けたが、睾丸をつかまれたままだったので、腰を引くこともできない。

「やっ、やめてっ……やめてくださいっ……」

「どうしてよう」

「くっ、苦しいっ……刺激されるとよけい大きくなって、苦しすぎるっ……」

「どうしたらその苦しさから逃れられるか、わかってるくせに」

「ううう……」

遼一は本気で泣きそうになった。

「パッ、パンツ脱がしてください……僕のオチンチン、見てください……」

「やればできるじゃないの」

夕希子は勝ち誇った顔で言い放つと、ブリーフの両サイドに手をかけ、一気にめくりおろした。伸縮性の生地に閉じこめられ、窮屈な思いをしていたペニスが、ようやく解放されたとばかりに唸りをあげて反り返る。勢い余って下腹に張りつき、裏側をすべて夕希子に見せつける姿になる。

「やーん、やっぱりすごい元気」

夕希子が眼尻を垂らして見つめてくる。

「それに……他はそうでもないのに、ここだけやけにもじゃもじゃなのね。野性的っていうか……」

陰毛が濃いのは、遼一が自分の体に抱えている最大のコンプレックスだった。友達と銭湯やサウナに行くと、たいていからかわれる。これから童貞を捧げる女には、できれば指摘してほしくなかった……。

「苦しくなくなった？」

遼一はハアハアと肩で息をしながら、首を横に振った。あり得ない現象だった。穿いていることが苦しいからブリーフを脱いだのに、ちっとも楽にならなかった。むしろ、苦しさは倍増したような気がする。

生まれて初めて異性の眼にさらしたペニスが、異常に硬くなっているからだった。ブリーフに締めつけられなくなったおかげで、よけいに太くなったような気さえする。それほど興奮しきっている。

「こんなことしたら、もっと苦しくなっちゃうかな？」

夕希子の細い指が、ペニスの根元にからみついた。その刺激だけで、遼一は飛びあがりそうになった。飛びあがることができなかったのは、夕希子がすかさず口を開き、亀頭を頬張ってきたからである。

（なっ、なんてことをっ……綺麗な顔してなんてことをっ……）

根元をつかまれてから先端を咥《くわ》えこまれるまで、たぶん一、二秒だった。遼一はその光景がスローモーションで見え、一分以上の長さに感じられた。

光沢も妖しいローズピンクの唇がいやらしいOの字に開かれ、亀頭に近づいてくる。

口の中では、唾液のしたたる舌が待機中。

Ｏの字に開かれたプルンプルンの唇が、ぱっくりと亀頭を咥える。やけに思いきりよく、喉の奥までずずっと……。

ペニスにヌメヌメした刺激を感じた瞬間、遼一の腰は限界まで反り返った。首に何本も筋を浮かべ、目の前の鏡を見なくても、顔が真っ赤になっているのがはっきりとわかった。

6

「泣くことないじゃないのよ……」

立ったまま、むせび泣いている遼一に寄り添い、夕希子はやさしく背中をさすってくれている。

「すっ、すいませんっ……きっ、気持ちよすぎてっ……涙がっ……どうしても涙が出てきてしまってっ……」

それは嘘ではなかったが、フェラチオを中断されると、自分に対する不甲斐なさで、よけいに泣けた。いくら童貞とはいえ、フェラが始まったばかりで、快楽に耐えきれず泣きだしてしまうなんて、これから男として生きていけるのだろうか。

とはいえ、夕希子にも過失がある。

初体験の男に対して、いくらなんでも過激な仕掛けを用意しすぎだ。

一生思い出に残る儀式だから——夕希子がサービス精神を発揮してくれているのはよくわかる。そのやさしい心根には、ありがたすぎて床に額をこすりつけてお礼がしたいくらいだ。

しかし、鏡の前でのフェラチオは限度を超えたいやらしさだった。こちらは生まれて初めてペニスに襲いかかってきた、生温かい口内粘膜の感触だけでパニックに陥りそうなのに、視覚でトドメを刺されてしまった。

夕希子は頭のいい女だから、自分がどれほどの美人であるか熟知しているのだろう。男の眼に映った自分が素晴らしく魅力的なのがよくわかっているから、あんなことをするのだ。

ペニスをしゃぶりながら、必殺の上目遣い。眼が合うと興奮しすぎて眩暈《めまい》がしたが、視線を逸《そ》らせばそこには新たな刺激が待っている。

鏡に彼女が映っていた。真っ赤なベビードール姿で片膝を立て、献身的な口腔奉仕に励んでいる姿が……。

鏡に映った自分と夕希子を見ていると、生身の彼女と視線を合わせるのとはまた違う、新たな興奮がこみあげてきた。プルンプルンの唇にペニスをしゃぶられている自分を見るほどに、ＡＶの画面の中に入りこんでいくような気がした。

「提案があるんだけど……」

夕希子が背中をさすりながらささやいてきた。

「もう一回フェラしてあげるから、今度は我慢しないですぐ出しちゃいなさい。若いんだから、一回くらい出したって、すぐ復活できるでしょう？　一回出して落ちついて、童貞卒業は二回戦ってことでどうかしら？」

この世にこれほど甘美な誘いがあるなんて、夢にも思っていなかった。たしかに、夕希子の提案通りの段取りを踏めば、チェリーボーイからスマートに卒業できる気がした。

しかし、遼一はむせび泣きながら首を横に振った。

「自分勝手なことを言って申し訳ないですが……どうせ出させていただけるのなら……口じゃなくて……口じゃないところのほうが……」

「なるほど」

夕希子はうんうんとうなずき、

「最初の射精から、フェラじゃなくて本番がいいわけね。まあ、わからないでもないけど、大丈夫かな。ちょっと待って」

こちらに背中を向け、ちょっとガニ股になった。

「やだあ……けっこう濡れてる……」

陰部の湿り具合を確認したらしい。

「これならいきなり挿《い》れても大丈夫だろうけど……なんか恥ずかしいな……わたしまだ、なんにも愛撫されてないのに、ヌルヌルになっちゃって……」

ヌルヌルになってますか、と遼一は胸底《きょうてい》で反芻《はんすう》した。衝撃的な報告に、涙も嗚咽《おえつ》も一瞬でとまった。

「じゃあ、ベッド行きましょう」

夕希子が腕をからませてきた。

「体位はどうしよう？　最初だから、わたしが上になる？」

わたしが上になりたい、と夕希子の顔には書いてあった。女社長の騎乗位に興味がないわけではなかったが、遼一にも譲れない一線があった。

「いや、あの実は……」

ベッドにあがらず、立ちどまった。

「童貞を捨てるならぜひともこの体位で、というかねてからの夢があるんですけど」

「どんな体位？」

「立ちバック」

夕希子は眼を丸くした。しばらくキョトンとしてから、ふーっと大きく息を吐きだした。

「キミ、顔に似合わずチャレンジャーね」

「やっぱり初心者には難しいですか？」

「だと思うけど……わたしだってしたことないもの」

「そうなんですか？」

「普通はあんまりしないんじゃないかなあ。ああいうのは見せる体位というか、ＡＶ男優とかが得意にしてる……あっ！」

夕希子の眼が輝いた。

「ＡＶ好きの面目躍如ってことなんだ？」

「すみません、そうなんです、恥ずかしながら……」

ＡＶを見ながらヌクときは、かならず立ちバックの場面なのが遼一だった。他の体位も嫌いではないが、立ちバックにはなにか特別なものを感じる。正常位は普通だし、ただのバックは犬猫でもできそうだが、立ちバックには、美しくも淫ら、という言葉がよく似合う。

「オッケー、わかった。じゃあ頑張って挑戦してみましょう」

「どうせすぐに出ちゃうと思いますから」

「……でしょうね」

夕希子は顔をそむけて小声で言った。心の声がうっかりもれてしまった感じで、遼一はちょっと傷ついたが、反論する気にはなれなかった。

夕希子はベビードールを着たまま、真っ赤なパンティだけ脱ぐと、

「せっかくだから、ここでしましょう」

巨大な鏡に両手をつき、尻を突きだしてきた。

「大丈夫ですか？　割れたりしません？」

「割れない、割れない。ここですれば、キミが大人の男になるときの顔、しっかり見れるじゃないの」

ククククッ、と喉を鳴らして淫靡《いんび》な笑みをもらした。それから、両脚の間から手を伸ばしてきた。

「オチンチンもってきて。導いてあげる」

「おっ、お願いします！」

遼一は反り返ったペニスを揺らしながら、夕希子の尻に腰を寄せていった。童貞が初体験でいちばん戸惑うのは、女の穴の位置だという。正常位でもわかりづらいから、導いてもらえるのはありがたい。

「んんんっ……」

夕希子がペニスをつかんだ。亀頭に生温かくヌルリとした感触が伝わってきて、遼一はぶるっと身震いした。

「ここね……」

鏡越しに視線を合わせながら、夕希子が言った。もう笑っていなかった。眉根を寄せた真剣な面持ちで、こちらを見つめている。

「いいよ。入ってきて」

「いっ、いきますっ……」

遼一は大きく息を呑みこみ、腹筋に力をこめた。狙いさえ定まっていれば、なんとかなるはずだった。脳裏には、いままで見たＡＶの立ちバックシーンが、走馬燈のように駆け巡っている。

腰を前に送りだすと、亀頭がずぶっと沈んだ感触がした。そこに穴がある、と直感で理解できた。そのままずぶずぶと入っていった。想像していたのと、結合感がずいぶん違った。

「はっ、入ってますか？」

思わず訊いてしまう。

「大丈夫……入っている……」

答える夕希子は、ずいぶんと苦しそうだった。苦悶の表情が喜悦の表情だと、このときの遼一には、まだよくわかっていなかった。

あとから考えてみれば、夕希子も長年のセックスレスで、久しぶりに男を迎え入れたのだ。欲求不満が相当溜まっていただろうし、喉から手が出そうなほど欲しかったものをようやく手に入れた、という思いもあったろう。

だがしかし、童貞の前で、年上女の威厳は崩せない。いきなり乱れてしまうわけにもいかず、見栄を張って余裕を見せておきたかったはずだ。

そんなことなど露知らず、遼一は奥まで入っていく。根元まで埋めこめば、動きださずにいられない。本能のままに、ペニスを抜き差しする。ゆっくりと抜いて、ゆっくりと入り直していく。

「きっ、気持ちいいですっ……とっても気持ちいいですっ……」

「んんんっ……くぅううっ……」

夕希子は言葉を返さず、けれども鏡越しにこちらを見つめてコクコクとうなずく。薄暗い間接照明の部屋でも、その美しく整った顔が生々しいピンク色に染まっているのがわかる。

遼一は、ともすればつんのめりそうになる欲望を必死に抑えながら、スローピッチでの抜き差しを続けた。コツをつかむ前に焦ってしまうのは愚の骨頂だと、さすがに理解していた。あわてるあまり早々に暴発してしまったら、眼もあてられない。

自分でもよく頑張ったと思う。ずんっ、と突きあげるたびに、白い尻肉がプルンッと揺れる。遼一は夕希子の腰をつかんでピストン運動をしていたが、尻をつかんで揉みくちゃにしたくてしかたがなかった。

誘惑の光景はそれだけではなかった。鏡に映った夕希子の顔はもちろんいやらしすぎたし、前屈みになっているから、ベビードールから下を向いた乳房がチラチラ見えていた。

後ろから両手を伸ばしていき、モミモミしたくてしかたがなかった。すべてが見えているわけではなく、チラチラ見えているというのがまたいやらしい。

「ああっ……」

夕希子が声をもらした。普段の声とはあきらかに違う、裏声のように高い声だった。

「いいっ……気持ちいいっ……」

マジか？　と遼一は自分の耳を疑った。童貞の分際で、三十五歳の人妻を感じさせることなどできるわけがないと思っていた。

しかし、夕希子が嘘をついているとは思えなかった。こちらに自信をつけさせるための励ましにしては、鏡に映った美貌がいやらしく歪みすぎている。限界まで眉根を寄せ、眼の下と小鼻を紅潮させて、Oの字に開いた唇で、ハアハアと息をはずませている。

（これが……性欲のピークというやつなのか……）

自分が高校生のときを思いだしてみた。深夜にコンビニに行くと、雑誌の表紙にそれほど好きではない元女子アナが水着姿で映っているのを発見した。それほど好きでなくても巨乳だったので、痛いくらいに勃起して、買物もせずに家に飛んで帰ってオナニーしたことがある。

いま思い返しても、たまらなく気持ちよかった。すかさず二回目のオナニーをした。おかわりオナニーは感度が悪くなるはずなのに、ますます気持ちがよくなって、あっという間に射精した。

つまり、性欲のピークというのは、ただ単に欲求不満が溜まりに溜まるだけではなく、感度も倍増するということなのかもしれない。そうでなければ、童貞のピストン運動で三十五歳の人妻が感じている説明がつかない。

「ああっ、いいっ！　もっとっ！　もっとちょうだいっ！」

鏡越しにこちらを見つめながら、夕希子がねだってくる。眉根を寄せたおねだり顔が、この世のものとは思えないほどいやらしい。

遼一がピストン運動のピッチを少しあげると、

「はっ、はぁあああああっ……」

裏声をさらにセクシーにして、夕希子はあえいだ。それも喜悦の反応なのか、むっちりした太腿を、ぶるぶるっ、ぶるぶるっ、と震わせている。震えはすぐに尻まで及び、結合部を通じてペニスにまで振動が伝わってくる。

遼一がさらにピッチをあげると、

「ああっ、いやっ……感じちゃうっ……感じすぎちゃうっ……」

夕希子はふわふわの髪を振り乱して、身をよじりはじめた。全身から、発情のオーラが漂ってきた。

「あっ、あのう……あのう……」

鏡越しに声をかけると、

「な、なあに？」

夕希子が蕩けるような表情で答えた。

「おっ、おっぱい揉んでもいいですか？」

「おっぱい、揉みたいの？」

「もっ、揉みたいです……モミモミしまくりたいです……」

夕希子はふっと笑うと上体を起こし、ベビードールを頭から抜いて全裸になった。いままで真っ赤なレースに隠れていた乳房は、女らしい丸みを帯び、たわわに実ったプリンスメロンのようだった。それが、遼一の突きあげるリズムに合わせて、タップン、タップン、と揺れはずんでいる。

「いいわよ、好きなだけ揉んで……」

「しっ、失礼しますっ！」

遼一はすかさず後ろから両手を伸ばし、ふたつの胸のふくらみを裾野のほうからすくいあげた。いきなり揉みくちゃにしてしまいそうになったが、剝き卵のようにつるつるした肌の質感に、乱暴なことはできなくなった。

やわやわと指を食いこませては、先端の突起をいじった。夕希子の乳首は、燃えるような赤だった。ルビーのように輝いていた。どうりでベビードールを着ていたときに、乳首が目立たなかったはずである。

「いいわよ……上手よ……」

夕希子が振り返り、瞼を半分落としたセクシーフェイスで見つめてくる。キスをねだるように唇を尖らせてきたので、遼一は応えた。

舌と舌を絡めあわせた瞬間、先ほどよりずっと大量の唾液が遼一の口の中に流れこんできた。もしかすると、唾液の量は欲情に比例するのかもしれないと思った。

いや、そんなことを考えている場合ではなかった。

立ちバックでのピストン運動に加え、双乳を揉みしだき、その先端をいじりまわし、おまけに舌まで吸いあいはじめると、セックスをしている実感がいや増した。当然、興奮はレッドゾーンを振りきっていき、いても立ってもいられなくなってきた。

「あっ、あのうっ……あのうっ……」

焦った顔で声をかけると、

「もう出そう？」

なんでも見透かす教官は、ズバリ言い当ててきた。

「はっ、はいっ……出そうですっ……」

遼一は息をはずませながらうなずいた。問題がひとつあった。スキンを着けずに、生で挿入していた。マナー違反なのは重々承知してるが、持っていなかったのでしかたがない。

「そのまま出していいから……」

甘すぎるウィスパーヴォイスで、夕希子が言った。

「そのままって……中出し？」

夕希子はうなずいた。

「中で出しても子供ができない日があるのよ、女には……」

細かいことはよくわからなかったが、妊娠しないのであれば、心置きなく発射できる。初体験から生挿入の中出しなんて、なんという幸運だろうか。ＡＶ男優でさえ、スキン着用が当たり前のこのご時世で。

「ああっ、出ますっ、もう出ますっ……」

上ずった声で言うと、

「出してぇ……」

蕩けるような甘い声が返ってくる。

「いっぱい出してぇ……たくさん出してぇ……オマンコの中、キミのザーメンでドロドロにしてぇ……」

「おおおっ……うおおおおおおーっ！」

雄叫《おたけ》びをあげて、遼一は最後の一打を放った。次の瞬間、下半身で爆発が起こった。ドクンッ、という衝撃に続き、ペニスの芯に灼熱《しゃくねつ》が駆け抜けていった。ドクンッドクンッドクンッとたたみかけるように射精が続き、ペニスの芯から全身へと、さざ波のように快感がひろがっていく。

「ああっ、いいっ！　ドクドクしてる……オチンチン、わたしの中でドクドクしてるううううっ……」

夕希子が叫びながら尻を振りたてる。そのことによって起こる性器と性器の激しい摩擦が、射精の終わりを許してくれない。

「くっ……くぅううううーっ！」

耐えがたいほどの快感に、遼一は夕希子の乳肉に思いきり指を食いこませた。痛いくらいなはずなのに、夕希子にはそれすらも快感になっている様子で、いつまでも尻を振りつづけていた。

第二章　ドSな甘えん坊

1

翌日、遼一はＩＵＣ――インポート・アンダーウエア・カンパニーに初出勤した。

（いいのかなあ、こんなことで……）

結局、社員として働くことになってしまったのである。晴れて就職が決まったことはめでたいけれど、その経緯を考えるとどうにも情けなくてしかたがない。


「どう？　大人になった気分は？」

童貞を失って放心状態に陥っていた遼一に、夕希子は訊ねてきた。

「どうもこうもありませんよ……」

遼一は遠い眼をして答えた。

「かっ、感動しました……世の中に、こんなに素晴らしいことがあったなんて、夢にも思いませんでした……」

嘘ではなかった。むしろ、遠慮がちの賞賛だった。世の中にやってみなければわからないことはたくさんあるだろうが、セックスはその筆頭だと思った。射精したばかりにもかかわらず、すぐにもう一度やりたいという欲望がこみあげてきた。

しかし、おかわりを求めて抱きしめようとしたとき、スマホの着信音が鳴った。夕希子はベッドから降りて電話に出ると、なにやら短く言葉を交わし、

「ごめんなさーい。ちょっと仕事が入っちゃった。これからすぐ会社に戻らないといけないみたい」

「ええっ？　そんな……」

彼女の台詞に、遼一は泣きそうな顔になった。始まる前、若いのだからすぐに復活できるでしょう、と言っていたではないか。つまり、遼一は二回戦ありきで、童貞喪失は立ちバックにこだわったのである。本当はごくノーマルな正常位だってしてみたい。騎乗位だって、側位だって、松葉崩しだって……。

「続きがしたかったら、うちの社員になればいいでしょ」

「そっ、そうかもしれませんが……」

「なっちゃえばいいじゃない。どうせわたしの誘いを蹴ったって、することないんでしょう？　一日の最大のイベントがオナニー、みたいな毎日を送っているんじゃなくて？」

どうしてわかるのだろう、と遼一はあんぐりと口を開いた。そして、世の中の真理をひとつ、身に染みて実感させられたのである。

セックスを知らなかったときはきっぱり断ることができたけれど、知ってしまったいまとなっては断ることが難しい——。

未知なるものへの欲望はぼんやりしていたけれど、いまはリアルにくっきりと欲望の対象を思い描くことができる。なめらかな素肌の触り心地、体中から漂ってくるいい匂い、そしてなにより、あの一体感……。


ＩＵＣのオフィスは世田谷区の二子玉川にあった。

遼一の住んでいる戸越公園からは私鉄一本で行ける。便利ではあるものの、都心から離れているし、駅からスマホで地図を確認しながら歩いていくと、あたりは閑静《かんせい》な住宅街になった。とても会社があるような雰囲気ではない。

（まさかこれかよ？）

辿《たど》りついたのは、二階建ての一戸建て住宅だった。小さくもないが大きくもなく、古くもないが新しくもない、ごく普通の民家である。ベランダに干してある洗濯ものから生活感が漂ってきて、どう見てもオフィスには見えない。

だが、表札にはしっかり「ＩＵＣ」と記されていた。それだけが妙にスタイリッシュな銀のプレートだった。

門を開けてアプローチを進み、玄関の呼び鈴に指を伸ばしていくと、

「だからどうしてそういう独断専行ができるわけ！」

女の金切り声が聞こえてきた。誰の声かはわからなかった。

「わたしの部下を選ぶんだもの。わたしが決めたっていいじゃない」

この声は夕希子だとすぐにわかった。

「みんなで面接したんだから、せめて相談すべきじゃないかな？　しかも、どうして男を採用するのよ」

「仕事のメインは発送業務だもの。男の子のほうが使い勝手がいいじゃない」

「使い勝手の問題じゃなくて、ここには女しかいないのよ。男がひとりまぎれこむっていうのが大問題だって言っているの」

遼一は青ざめた。口論は激しくなっていくばかりだったが、どうやら問題になっているのは自分の採用についてらしい。

呼び鈴から指を離し、ドアハンドルを倒して引いてみる。鍵《かぎ》がかかっていなかったので、物音をたてないように注意しつつドアを開けた。玄関の前は廊下になっていて、入ってすぐ横にある部屋から声は聞こえていた。遼一はこそこそと靴を脱いであがりこみ、部屋をのぞきこんだ。

（ええっ？）

夕希子と金髪の副社長が睨みあっていた。それはいい。玄関の外まで金切り声が聞こえていたのだから、修羅場になっているのは想定内だ。

驚いたのは、専務を含めてその場にいる三人の女たちが、全員ジャージ姿だったことである。昨日、西新宿のホテルで、夕希子はノーブルな濃紺のタイトスーツを颯爽と着こなしていた。専務はたしか、グレイのパンツスーツだったはずだ。副社長に至っては、ド派手なショッキングピンクのスーツ。

それが全員ジャージ――近所に住んでいる暇な主婦がワチャワチャしている、とまでは言わないが、保育士の休憩所みたいな雰囲気である。

部屋の雰囲気がよけいにそう思わせた。カーペットがファンシーなピンクベージュだった。いちおうデスクがあり、その上にパソコンが置かれていたりするものの、奥にはキッチンが見えている。オフィスのようなスタイリッシュ感がいっさいなく、どこまでもアットホームなのである。

「男がひとりまぎれこむことの、どこが問題なのよ？」

夕希子がボソッと言うと、

「たとえば！」

金髪の副社長が吠えた。

「わたしが洗面所にブラジリアンワックスを置き忘れたとするわよね。男にはそれがなんだかわからないから、『これなんですかー、これなんですかー』って聞いてまわったりするのよ。わたしは顔から火が出るでしょうね。それがなんで、なにに使ってるのか、ユッキー、あんた男の子相手に説明できるの？」

「置き忘れなければいいだけの話でしょーが」

「だから、たとえばよ。そういうデリケートな細かい問題が、男ひとりがまぎれこむことによって多発するって言ってるの。じゃあ、トイレはどう？　男も使うとなったら、いろいろ気を遣わないといけないでしょ」

「どんなことにだってメリットとデメリットがあるものよ」

「男を入れるメリットってなに？」

「とにかく！」

夕希子が声を張った。

「わたしだっていろいろ考えて決めたことなんだから、そんな頭ごなしに反対しないで。試用期間は二カ月、その間にもし一緒にやっていけないってわかったら、わたしが責任もって彼の就職先を探します」

「あんなポンコツの就職先なんて、十年かかっても見つからないと思うけどね」

ふんっと鼻で笑った副社長がこちらに顔を向けた。眼が合って、二度見された。

「はーっ、早速大問題発生。ユッキーご推薦の新入社員くん、のぞき見と盗み聞きが趣味らしいわよ」

夕希子と専務もこちらを見た。遼一は所在なげに、ペコリと頭をさげることしかできなかった。


ＩＵＣは大学時代の同級生が三人で集まってつくった会社らしい。

社内の担当や肩書きは違っても、元々は同い年の仲良し三人組だから、気兼ねなく意見が言いあえるところもあるようだ。

（それにしても、ギスギス感が半端《はんぱ》ないなあ……）

副社長の山岸里美は遼一に敵意を剝きだしにし、すれ違うたびにふんっと顔をそむけてくる。専務の畑中千登世にはそこまで嫌われていないようだが、遼一の顔を見るとやれやれと言わんばかりに溜息をつく。嫌われてはいなくても、評価は面接時のままなのだろう。

せめて夕希子にやさしくされることを期待したが、そんなことは微塵もなく、事務的な指示しか出してこない。ノルマがこなせないと怖い顔で睨まれる。

ただ、仕事中はあまり三人と顔を合わせないですむのが、救いと言えば救いだった。その二階建て住宅は５ＬＤＫで、ＬＤＫの部分がオフィスになっており、社長と副社長と専務が仕事をしている。

他の五部屋及びガレージは商品の倉庫になっていて、フランスものの部屋、イタリアものの部屋、というふうに分かれている。遼一の仕事は発注伝票を元に商品を箱詰めし、夕方まとめて配達業者に渡すことだ。

地道な仕事だが、遼一の性には合っていた。動きまわる仕事なのでＴシャツに綿パンで出勤できるし、堅苦しいスーツを着て営業なんかをやらされるよりよほどよかった。一週間もすると家のレイアウトにも慣れてきて、各部屋をすいすい行き来しながら、鼻歌まじりで作業を進めた。扱う商品がランジェリーというのも刺激的だった。セクシーだったり、可愛らしかったり、実にさまざまなデザインがあるから見ていて飽きない。

(夕希子さんが着ていた真っ赤なベビードールはエロかったな……あれは商品にラインナップされてないのかな……)

採用の条件として自分とのセックスを求めてきた彼女だったが、その後、なんの動きもなかった。

てっきり毎晩のように精力を絞りとられるのだろうと思っていたし、それを予想してオナ禁をしていたりもするのだが、他の用事で忙しいのかもしれない。

ただ、夕希子以外のふたりとの関係には、次第に変化があった。

遼一は昼食をガレージで食べていた。段ボールの積みあがった殺風景なところだが、ひとりでのんびり食べられるので文句はなかった。

ある日の正午、コンビニに食糧を調達しに行こうとすると、

「ねえ……」

専務の畑中千登世に声をかけられた。

「お弁当つくってきたけど、よかったら食べて」

可愛い花柄のナプキンに包まれた弁当箱を渡され、びっくりした。

「いいんですか？」

「お弁当なんて、ひとつつくるのもふたつつくるのも一緒だから」

クールに言い残して去っていった。ひっつめ髪に黒縁メガネの地味な人だが、やさしいところがあるものだ。社内での担当はＷＥＢデザインで、通販サイトの制作及び管理は、すべて彼女が行なっているらしい。

それから数日後、遼一がガレージで弁当を食べていたときのことである。

（専務っていい人だよな。毎日弁当渡してくれて……マジで金がないから、本当に助かるよ……）

人の気配に気づいてハッと顔をあげた。

出入り口のところに副社長が腕組みをして立っていた。金髪のロングヘアを輝かせ、こちらを見る眼が据わっているのはいつものことだったが、見た目の印象に違和感があった。ジャージではなく、ヴァイオレットブルーのブラウスにモスグリーンの巻きスカートという、フェミニンな格好をしていた。

「なっ、なんでしょうか……」

遼一は食べかけの弁当を置いて立ちあがった。

副社長は黙っている。怖い。

「そっ、それ、素敵な服ですね……個性的な色なのに、ナイス・コーディネイトというか……」

媚びを売るのは嫌いだが、時と場合によるだろう。彼女にこれ以上嫌われたら、ますます会社の居心地が悪くなる。

「キミが発送作業やってくれるから、ジャージに着替える必要がなくなっただけよ。わたしべつに、ジャージを着て生まれてきたわけじゃないし」

「わっ、わかってますよ、それくらい。面接のときに着ていたショッピングピンクのスーツも、芸能人みたいでしたよ」

「そんなことより、どうしてキミはいつもひとりでごはんを食べてるわけ？」

「えっ……」

あんたが俺を嫌っているからだろ、と思ったが言わなかった。

「会社っていうのはチームでしょ？　キミを入れて四人しかいない吹けば飛ぶような会社だけど、チームワークってものが必要なわけ。和をもって尊《とうと》しとなすよ。みんなと一緒にオフィスで食べなさい」

ひとりで食べていたほうが気が楽だったが、とても断れるような雰囲気ではなく、弁当箱をもってついていった。

オフィススペースになっているリビングに入っていくと、カレーの匂いがした。夕希子が店屋物のカレーうどんを食べていた。いや、目の前に丼はあるのだが、なにかトラブルでもあったのか、パソコンを睨みつけていて箸《はし》が進まない。そのうち眼を三角にして割り箸を嚙みだした。怖い……。

専務は部屋の隅のソファにちょこんと座り、テレビを見ながら淡々と弁当を食べている。

副社長のデスクには、こちらも店屋物らしき丼が置かれていた。里美がラップを剝《は》がすと、出汁《だし》の匂いがぷんと漂ってきた。おかめうどんのようだった。

金髪のロングヘアをかきあげるようにして押さえ、うどんをすすりはじめた。「ずずっ、ずずっ」と親の敵《かたき》のように音をたててすすっている。

(どこが和をもって尊しとなすなんだよ……)

同じ空間にいても、三人は談笑するでもなく、全員がマイペースで食事をしているだけだった。これでは一緒に食べる意味がない。

とはいえ、踵を返すわけにもいかず、遼一は専務の隣に座らせてもらうことにした。副社長の隣のデスクも空いていたが、専務の隣のほうが静かに食事ができそうだったからだ。

「あっちに行ってあげなさい」

専務に言われた。「あっち」というのは副社長の隣だ。

「キミの眼を意識して、せっかくおしゃれしてきてるんだから」

「ちょっと！」

副社長が吠えた。

「いまのは聞き捨てならないわよ」

専務は無視した。

「べつに普通でしょ。おしゃれなんてしてません」

無視は続く。

「自分こそ、新人を弁当で手懐《てなず》けようとしてるくせに！　なによ、女子力見せつけちゃってていやらしい」

涼しい顔で聞き流し、平然と弁当を食べている専務の横顔には謎の大物感が漂い、カッカしている副社長のほうが滑稽に見えた。

2

待望の誘いが、ようやく訪れた。

――今度の日曜日、海にでもドライブにいきましょうか。

夕希子からLINEが入ったのだ。

遼一は天にも舞いあがりそうな気持ちになった。

夕希子の目的はセックスであり、欲求不満の解消だ。だからてっきり、ホテルで会ってホテルで別れるような、爛《ただ》れた関係を想像していた。

なのに海にドライブなんて！

面接があったのがゴールデンウィーク明けで、いまは五月後半。梅雨《つゆ》入り前の初夏の海はさぞやキラキラと輝いていて、さわやかな潮風《しおかぜ》が吹いていることだろう。そんなところで夕希子のような美人とデートできるなんて夢のようだ。

約束なのでセックスには付き合う。むしろこちらからお願いしてでもさせてもらいたい。だが、それだけではいささか淋しいのが男と女というものではないか。夕希子はたぶん、こちらに気を遣ってデートのオプションをつけてくれたのだ。その心根のやさしさが胸に染みる。

（今日は木曜日だから、日曜まであと三日か。待ちきれないよ。オナ禁だってかれこれ二週間も続いているし……）

それは遼一にとって新記録だった。贔屓《ひいき》のAV女優の新作配信を前にして、三日ほどオナ禁をすることはよくある。贔屓中の贔屓のAV女優なら、一週間は我慢して、精力を溜めに溜める。

だが、二週間も我慢したのは初めてだった。三十五歳が女の性欲のピーク、と夕希子は言った。こちらは二十三歳で性欲はピークアウトしているが、オナ禁二週間を加えれば、彼女に負けないくらいブーストがかかるのではないだろうか。

廊下で夕希子とすれ違ったので、

「あっ、あのう……」

海に誘ってくれた礼を言おうとすると、キッと睨まれた。それから、唇の前に人差し指を立てた。

遼一がよほどだらしない顔をしていたのだろう。なにを言おうとしたのか見透かされたらしい。

ふたりの関係が他の社員にバレるようなことは絶対にしないこと——関係をもった日に釘を刺された。

「すっ、すいません……」

遼一が頭をさげた瞬間だった。それまで鬼のように険しかった夕希子の表情からふっと力が抜け、微笑に変わった。蕩けるような笑顔だった。夕希子はすぐに立ち去っていったけれど、後ろ姿が見えなくなっても、遼一の胸は燃えていた。

（あれだよ！　あの笑顔！　会社では怖い社長だけど、ふたりきりになったら、とびきりの笑顔を見せてくれるんだよ！）

思わず踊りだしてしまった。ツイストのつもりだったが、人が見たらタコ踊りに見えたことだろう。

遼一は気づいていなかった。その恥ずかしいタコ踊りを、こっそり見ている眼があったことを……。

「すいませーん。お先に失礼しまーす」

午後七時、遼一はオフィスに顔を出して声をかけた。定時は六時だが、気分がよかったので一時間もサービス残業をしてしまった。

オフィスに残っていたのは、副社長の里美ひとりだけ。頬杖をつき、なにやら考え事をしているようだった。「お疲れさま」も言ってくれなかったが、よくあることなので気にせず帰ろうとした。

「ねえ……」

背中に声をかけられ、

「なっ、なんですか……」

怯えた顔で振り返った。

「急いでるの？」

「いえ、べつに……」

「じゃあちょっと仕事手伝ってくれない？」

「いまからですか？」

「明日撮影だから、そのための準備」

「撮影、と申しますと？」

遼一が上目遣いで訊ねると、

「撮影は撮影よ。まさかキミ、わたしがなにやってるか知らないの？」

「たっ、大変申し訳ありませんが……」

里美はチッと舌打ちし、ノートパソコンをひろげた。画面に現れたのは、自社の通販サイトだった。

「見たことないの？」

「ありますよ、もちろん……」

「これ、わたし」

里美が指差したのは、トップページにカバーガールのように映っている女のモデルだった。下着が主役なので、首から上は映っていないのだが……。

さらに里美は、商品紹介のページを開き、

「ここに映ってるのも、全部わたし」

「そっ、そうだったんですか……」

遼一は驚愕の眼を里美に向けた。と同時に、胸がざわめくのをどうすることもできなかった。

まさか里美がモデルを務めているとは知らず、ヌイたことがあったからだ。

あれは面接の前日だった。会社の詳細を確認するためにホームページを隅々まで読みこもうとしていたのだが、商品紹介のところでうっかりオナニーしてしまい、びっくりするほど会心の射精を遂げられたので、そのまま寝てしまった。

一般的に、通販の下着や水着を紹介しているページには、独特のエロさがある。エロくならないように気を配っているがゆえに、滲みでてしまう生々しさが……。

とくにＩＵＣはそれが顕著だった。このいやらしい体をした女はなんというモデルなのかそのうち調べてやろうと思っていたが、まさかこんなにすぐ近くに本人がいたなんて……。

「明日は五番の撮影なのよ」

里美は遼一を見据えて言った。

「ごっ、五番、ですか……」

この家には五つの部屋があり、それぞれ傾向の違う商品が管理されている。一番がフランスもの、二番がイタリアもの——このふたつが売れ筋で、注文の七割を占める。三番がニューヨーク・ロンドン、四番が東欧・北欧——これらはどれも個性的で、これぞインポートというデザインが多い。

そして五番は……。

「キミ、面接のとき大見得を切ってたわよね？」

里美が言った。

「女性の下着姿は男にとって極上のエンターテインメント、すべての女性はエンターテイナー……実はちょっと感心したのよ。面接で言うことじゃないかもしれないけど、当を得てるなって」

口から出まかせでした、と言える雰囲気ではなかった。

「そんなキミの眼力を信じて、ちょっとチェックしてほしいのよ。明日着ける予定の下着を」

「五番、なんですよね？」

「そうよ」

「副社長が五番の下着を着けてるところを見るわけですか？　僕が……」

「売り物じゃない？　照れることないでしょ」

里美は鼻で笑ったが、遼一はとても笑えなかった。

五番の部屋は危険なのだ。箱詰め作業に行くたびに、その妖気にあてられて勃起しそうになってしまう。

五番の部屋に名前をつけるとすれば、ルーム・オブ・エロス――他の四部屋は地名によって区分されているのに、五番の部屋だけには、とにかくエロティックな下着ばかりが集められている。

「こんなことを頼むのはね……」

　里美が声音をあらためて言った。いつになく神妙な顔をしている。

「あなたともいろいろあったけど、ここらで手打ちにしたいからなの。わたしだって仲よくやりたいのよ……わたしにとってこの会社は生き甲斐で、ユッキーとチィちゃんは生涯の親友……大切にしたいの。空気を悪くしたくない。で、手っ取り早く仲よくなるには、やっぱり共同作業じゃない？　力を合わせて一緒になにかをやれば、仲間意識が芽生えて、仲よくできると思わない？」

　そこまで言われてしまえば、遼一に断ることはできなかった。本来なら、新入りの自分のほうから、気に入ってもらえるよう働きかけるべきだった。彼女のほうから先に歩み寄ってもらえて、なんだか申し訳ない気分だ。

「そういうことなら、ぜひ手伝わせてください。僕も副社長と仲よくなりたいです。認められるようになりたいです」

「じゃあ、上に行きましょう」

　立ちあがった里美に続き、遼一も五番の部屋がある二階への階段をのぼっていった。

3

倉庫といっても、元が普通の住宅なので、各部屋とも子供の勉強部屋のような造りだった。畳かフローリングの六畳間だ。

五番の部屋は畳だった。そこに段ボールがうずたかく積まれている。どの部屋も似たようなもので、引っ越し直後のような雰囲気である。ただ、五番の部屋だけは一歩足を踏み入れた瞬間、いつも背中がゾクッとする。

段ボールの中に入っているランジェリーが放つ、欲望のエネルギーのせいだろう。

夕希子が着ていた真っ赤なベビードールもセクシーだったが、可愛くもあった。IUCで働くようになって気づいたのは、女はセクシーでありたいと同時に、可愛くありたいとも願っている、ということだ。そのせめぎあいの中でデザインが決定され、人気商品が生まれていく。

国産品の下着は、可愛いへの振り幅が大きすぎる。大人っぽくちょっとセクシーなものを着けたくても、ラインナップが貧弱だ。そこでインポート・ランジェリーの出番となるわけだが、インポート・ランジェリーはセクシーが八割で、可愛いが二割。

この二割が、むっつりスケベな女にエクスキューズを与えている。

しかし、五番にある下着は違う。可愛らしさなどいっさい削ぎ落とし、ただただいやらしい。もはやアンダーウエアでもなんでもなく、単なるセックスの小道具のようなものばかりが眼につく。

「うちもいちおう格調高くお上品にやってるから、あんまりエッチくさいのはダメだと思うのよねえ……」

段ボールをガサゴソいじりながら里美が言った。

「とはいえ、ちょっと攻めた写真をWEBに載せるのも商売としては必要なことでしょう？　こんなにすごいのもありますけど、やや控えめなこちらのほうがおすすめです、みたいな見せ球もいるわけよ。キミに期待してるのは、攻めすぎかどうかの判断。ホームページに載せてもOKか、それともNGか……」

「わかりましたけど……」

遼一は表情を曇らせた。

「なに持ってるんですか？」

里美が段ボールから取りだしたものは、あきらかに下着ではなかった。ひとつはアイマスク、そしてもうひとつは……。

「これは簡易拘束《こうそく》テープよ。見た目はガムテープみたいだけど、簡単に剝がせるの。SM初心者なんかがよく使うやつ」

「それでなにを……」

「こうするのよ」

里美は遼一の後ろにまわってくると、両手を拘束してきた。さらに畳の上に座らされ、足首と膝もぐるぐる巻きにされる。

「なっ、なにするんですか？」

遼一は焦って声を荒げたが、

「お互いのためよ」

里美は冷たい眼をして言い放った。

「わたしはこれから、ちょっとばかし扇情的な下着姿を披露するわけ。それを見たあなたが野獣に変身したら、大変なことになっちゃうでしょ？」

なだめるように「よし、よし」と頭を撫でられ、遼一はよけいに腹が立った。会社で仕事をしているのに、野獣になんて変身するわけがないではないか。仲よくしようなどと言いながら、この人はやっぱり、自分をナメてる。

「じゃあもう、さっさとやりましょう。OKかNGか言えばいいんですね」

「そうそう」

里美からアイマスクをつけられて、遼一の視界は真っ黒に塗り潰された。

「着替える間、ちょっとだけおとなしく待っててね」

ククククッ、と喉で笑ったのは、こちらの格好が滑稽だからか。芋虫のように、手も足も出ないからか。

(ちっ、ちくしょう……)

さっさと帰ればよかったと後悔しても、もはや後の祭りだった。とにかく、この状況に耐えきってみせるしかない。

「おまたせ」

アイマスクが取られた。眼に飛びこんできた光景は、遼一を拍子抜けさせるものだった。なんの変哲もない水色のブラジャーとパンティ——飾りがあるわけではなく、生地の表面もつるつるしている。なんだか、女子高生が着ける下着のようだが、なぜこんなものが五番の部屋にあったのか……。

(クッ、クソおっ……性格は悪いくせに……根性は曲がっているくせに……)

下着のデザインがプレーンなせいで、里美のボディラインばかりが気になった。悔しいけれど、スタイル抜群だった。身長は夕希子よりやや高くて、一六五センチくらい。均整のとれた八頭身で、やたらと顔が小さい。手脚も長く、三十五歳にしては二の腕が細すぎる。

色白なのはわかっていたことだが、露出している肌の面積が広いから、まぶしいくらいだった。

そして、なによりも目立つのが、バストの大きさだ。ゆうにGカップはあるのではないか。たわわに実りすぎて、いまにもブラジャーからこぼれ落ちそうだ。

それだけではない。腰のくびれがえげつない。ヒップにボリュームがあるから、よけいにそう見えるのだろうか。まるで蜜蜂みたいである。

（ちっ、ちくしょう……）

遼一の胸には、じんわりと敗北感がひろがっていった。いくら性格が悪くても、根性が曲がっていても、これほどのボディの持ち主なら、許される気がした。明日から、彼女に嫌なことをされたら、このボディを思いだそうと思った。人間性はともかく、ボディだけは神だ。

「ねえ、どうなの？　この下着はＯＫ？　それともＮＧ？」

「いや、べつに……普通じゃないですか？」

遼一が鼻白んだ顔で言うと、

「本当？　よく見て言ってる？」

里美がすぐ側まで近づいてきた。遼一は畳に座っているので、見上げる格好になる。股間に食いこんだパンティが視界に入ってくる。

「えっ……えええっ？」

それはただのパンティではなかった。股間を縦に割るセンターシームが入っている。立体裁縫のテクニックを使っているということだ。

その結果、普通のパンティとは比べものにならないくらい股間に食いこんでいた。食いこみすぎて、女の割れ目の形状が、はっきり見えた。ゴムボールをふたつ、ぎゅっと寄せあったような……。

（うっ、嘘だろ……）

上司の割れ目の形状を知ってしまったショックに、遼一の体は震えだした。勃起をこらえきれたことが、奇跡に思えたほどだった。

「えっ、NG！　NGです、そんなもの！」

「そう？　わたしけっこう気に入ってるんだけど」

「ダメに決まってるでしょ。そんな写真を撮って、ネットにあげるんですか？　全世界に発信しちゃうんですか？　いくら顔が見えないからって、エロすぎます！」

「じゃあしかたなくボツにしよう」

　里美はとぼけた顔で言うと、再びアイマスクを遼一につけた。漆黒に染まった視界の中に、割れ目が浮かんでいた。くっきりと割れていた。割れすぎていた……。

「おまたせ」

　アイマスクが取られた。

（ぬっ、ぬおおおおおおーっ！）

　遼一は胸底で叫び声をあげた。里美が全裸だったからだ。

「つっ、着けてっ……下着を着けてくださいっ！」

「着けてるわよぉ」

　里美は舌っ足らずな声で言い、横に向けていた体をひねった。上半身だけだ。胸を腕で隠していたのだが、それをおろすと、乳首のところに真っ赤なハート形のシールが貼られていた。セクシーニップレスである。

「えっ、NG！　NGに決まってます！　そんなの下着じゃない！　会社の品格を疑われます！」

「試用期間中なのに、もう愛社精神が芽生えてるのかしら？　偉いのねー」

「いいから早くアイマスクを……目隠ししている間に着替えて……」

「まだ下を見てないでしょ？」

「見なくていいです。どうせ……」

言葉の途中で、里美が下半身をこちらに向けた、遼一はまばたきも呼吸もできなくなり、卒倒しそうになった。

真珠《しんじゅ》が縦に連なったものが、股間に食いこんでいた。その商品名を、遼一は知っていた。「ウルトラTフロント・パール」だ。こんなものを着けたら素っ裸でいるよりいやらしいのではないかと思っていたが、実際そうだった。女の割れ目だけを隠すように、縦に連なった白い真珠……。

（ああっ……あああっ……）

あることに気づいた遼一は、正気を失いそうになった。里美の股間は不自然だった。真珠の連なりは割れ目を隠すぎりぎりの幅しかない。ということは、本当ならそのまわりに生えているはずの陰毛が……ない。

パイパンなのだ。こんもりと盛りあがった白い丘が、つるつるだった。もしかすると、パイパンだからこそ、先ほどの水色のパンティのときも、割れ目の形状がやけにくっきり見えたのだろうか……。

「はい、アウト」

里美が勝ち誇ったように言った。

「わたし、仕事仲間として、仲よくなりたいって言ったよね？　会社はチームだって……仲間やチームメイトをいやらしい眼で見るのは、このご時世、即刻アウトよ」

「そっ、そんな……ぼぼぼ、僕はいやらしい眼でなんて……」

「じゃあ、どうしてこんなになってるのよ」

里美の右手が、股間に伸びてきた。手脚を拘束された体では、抵抗などできなかった。為《な》す術《すべ》もなく、ズボン越しにいきり勃《た》ったものをつかまれた。

「おおおおっ……」

遼一は野太い声をもらした。勃起していた。痛いくらいだった。オナ禁二週間が裏目に出た。勃つのを我慢できるわけがなかった。

「うわー、すごーい、こんなに大きくしてるー」

「やっ、やめてっ……」

「大丈夫、大丈夫。怖がんなくても、痛くしたりしないから。ただちょーっとだけ、わたしをいやらしい眼で見たおしおきをするだけ」

里美は笑っていた。笑いながら眼を爛々《らんらん》と輝かせていた。

（こっ、この人はドSなのか……）

遼一は震えあがった。言葉も出ず、体も動かなかった。ズボン越しにつかまれているペニスだけが、ズキン、ズキン、と熱い脈動を刻んでいた。

4

「わたしね、実はキミにちょっと聞きたいことがあったの」

里美が意味ありげな眼つきで言った。

「ユッキーとなにかあるでしょ?」

「なっ、なにかとは……」

「人には言えない関係よ。だっておかしいじゃない? ユッキーは自分の後継者を探すために社員を募集したいって最初言ってて、面接に来てた子たちはそれに見合う優秀な女子ばかりだったのに……なーんでか、採用されたのはいちばんポンコツなキミだったのよ」

「そっ、それは……優秀な女子に汗まみれで発送業務をさせるのが、気の毒に思ったからじゃないですかね……」

遼一が顔を歪めながら答えると、

「へーえ、庇《かば》うんだ？　ユッキーを。キミって見た目通りに頭が悪いのね。でも、ちょっと嬉しいかも……」

里美が悪魔のような顔で舌なめずりをした。

「シラを切るってことは、白状させられるってことなのよ？　さー、どうやって白状させよっかなー」

ズボンのボタンをはずされた。さらにファスナーをさげられ、ブリーフごとズボンをめくりさげられていく。

「やっ、やめてっ！　やめてくださいっ！」

「女みたいな声を出すんじゃないわよ。ユッキーを庇うって決めたんでしょ？　だったら黙って拷問に耐えて、男を見せてごらんなさい」

「あああっ！」

ブリーフとズボンがめくられてしまった。ブリーフに引っかかった反動でペニスが下腹を叩いたが、里美は眼を丸くして笑いだした。

「やっ、やだ……なんなの？　なんなの、これえーっ！」

キャハハハ、キャハハハ、と手を叩いて笑っている。もじゃもじゃの陰毛を笑われているのだった。実際、笑われてもしようがないほどの剛毛なのだが、異性に笑われるのは想像をはるかに超えてきつかった。

（そんなに笑うなんて、ひどい……ひどすぎる……）

涙が出てきそうだった。いまはただ、それを決してからかったりしなかった、夕希子のやさしさだけを胸に抱きしめよう。

「あーっ、お腹痛い」

「人のコンプレックスを笑うとバチがあたりますからね」

遼一が涙眼で睨みつけると、

「へーえ、どんなバチがあたるのかしら？」

里美の指がペニスにからみついてくる。シコシコとしごかれる。

「おおおっ……おおおおっ……」

遼一は畳の上でのたうちまわった。

「どうしたの？　気持ちいいの？　気持ちよくさせてあげてるんだから、もじゃもじゃチン毛を笑ったことは水に流してね。ねえ、気持ちいいんでしょう？」

「ゆっ、許してっ……許してくださいっ……」

オナ禁二週間のペニスは、普段の倍以上、敏感になっていた。

「許してほしかったら、全部白状しなさい。寝たのね？　寝たんでしょ？　あの子もあの子で、最近妙にお肌がつやつやしててておかしいと思ってたのよ」

「ちっ、違いますっ……違いますっ……」

「シラを切ってもダメなのよ。わたし、キミとユッキーが廊下でイチャイチャしてるところ見たんだから。ほら、言いなさい。言えば、こんな雑なやり方じゃなくて、やさしく天国に送ってあげるから……」

里美はペニスから手を離すと、体操選手のような軽やかな身のこなしで、遼一の顔の上にまたがってきた。Ｍ字開脚で……。

（エッ、エロすぎるだろ……）

遼一の眼と鼻の先に、衝撃的な光景がひろがっていた。パイパンの股間に食いこんでいる真珠──全部で十個くらいだろうか、数珠《じゅず》のように繋《つな》がって、女の割れ目を隠している。よくよく見れば隠しきれない肌色の変化もあり、真っ白い外側から桃色の中心に向かってグラデーションができている。

衝撃的なのは見た目だけではなかった。眼と鼻の先にある股間からは、むっとする湿気や熱気とともに、いやらしすぎる匂いが漂ってきた。見た目が清潔感にあふれているせいで、よけいにその匂いが刺激的だった。

「全部白状したら、オチンチンここに入れさせてあげるわよ……」

里美は右手の中指で、真珠の連なりを撫ではじめた。

「自分で言うのもなんだけど、わたしってけっこう、抱き心地いいと思うんだな。男にとっては、とってもエンターテインメントなボディじゃないかしら。ユッキーはね、大学時代、恋人にしたい女ナンバーワンって言われてたの。対するわたしは、抱きたい女ナンバーワン。当時は馬鹿にしてるって怒ってたけど、いま考えてみると、女にとって最高の讃辞よね……」

言いながら、真珠の連なりを撫でつづけている。無意識にだろう、指があるひとつの真珠を重点的に撫ではじめた。

（そっ、そこか……そこにあるのかクリトリス……）

つくづく残念なことに、童貞を卒業しても、生身の女性器を間近で拝んだことはなかった。遼一が立ちバックなんてリクエストしたから悪いのだが、その前に見せてもらうべきだった。

「ああんっ、なんか感じてきちゃった……」

里美はクリトリスの上の真珠に、ぶるぶるっ、ぶるぶるっ、と指で振動を送りこむ。そうしつつ、不意に後ろに倒れこんだ。股間を出張らせて、上体をのけぞらせた。ブリッジするような体勢だが、異常に体が柔らかかった。一瞬、こちらを挑発するためのポーズかと思ったがそうではなかった。

里美はそのまま上体をひねり、フェラチオを始めたのである。

「おおっ……うおおおおーっ！」

亀頭をペロペロと舐められて、遼一は激しく悶絶した。AVでも滅多にお目にかかれない、イナバウアー・フェラである。おまけに両脚はM字開脚だから、冬季オリンピックの金メダリストもびっくりだ。

「すごーい、我慢汁がいっぱい出てるぅ……」

里美は鈴口にチュッとキスをしては、それを吸った。さらにぱっくりと口唇に咥えこみ、生温かい口内粘膜で亀頭をぴったりと包みこんでくる。

「おおおっ……ぬおおおおっ……」

遼一は悶え声をあげて身をよじった。夕希子にされたとき、感極まって涙を流してしまった鬼門の口腔奉仕だった。

実際、刺激だけなら下の口より上の口のほうが勝る気がする。吸引する力加減を自在に変えられるし、くなくなと動く舌もある。

「むほっ……むほっ……」

里美は鼻息も荒くペニスをしゃぶりたててきた。唇の裏側のつるつるしているところで、執拗にカリのくびれを刺激してきた。男の性感ポイントを熟知しているようだった。彼女にしても人妻なのだ。左手の薬指に銀の指輪が光っている。ベッドにおけるA toZを、すっかりマスターしていてもおかしくない。

「ダッ、ダメですっ……出ちゃいますっ……そんなにしたら出ちゃいますうううううーっ！」

遼一は真っ赤な顔で叫んだ。もうダメだ——ぎゅっと眼をつぶった。オナ禁二週間のペニスを、しかもカリのくびればかり集中的に刺激され、耐えられるわけがなかった。

しかし……。

熱い白濁液が、ペニスの先端から噴射されることはなかった。本当にぎりぎりのきわきわで、里美がフェラをやめたからだ。

「そんなに簡単にイカせてもらえると思ったわけ？」

里美が片眉をあげて睨んでくる。

「いい？　これはキミを気持ちよくさせるためにやってるんじゃないの。白状させるための拷問なの。しゃべったら、いくらでも気持ちよくさせてあげる。でもシラを切りつづけるなら……」

里美の手指が、目の前の股間に伸びてきた。女の割れ目をかろうじて隠している真珠の連なりを、片側に掻《か》き寄せた。

「地獄の釜の蓋を開けちゃうんだから……」

「みっ、見えてますっ！　見えてますよっ！」

遼一は叫んだ。アーモンドピンクの花びらが、行儀よく口を閉じていた。合わせ目が濡れてヌラヌラと光っているのがいやらしかった。けれどもそれは、ネットで拾える無修正画像で見た女性器なんかより、ずっと綺麗で清潔感があった。

「毛がないから、なにもかも見えるでしょう？　ほーら、ここがクリトリス……」

ペロッと包皮をめくり、半透明の肉芽を剝きだしにする。

「ここを舐められると、女は一瞬で骨抜きになるのよ。舐めさせてあげてもいいのよ。どう？　おいしそうでしょ？」

言いながら、包皮を剝いては被せ、被せては剝く。そのたびにクリトリスはつやつやと濡れ光り、尖り方が鋭くなっていく。

（エッ、エロいっ……エロすぎるだろっ……）

夕希子もたいがいだと思ったが、里美のエロさはモンスター級だった。いよいよ花びらの間までいじりだし、ねちゃねちゃと音をたてはじめた。

「あああっ、気落ちいい……」

眉根を寄せた悩殺的な表情でささやくと、右手で自慰をしながら、左手をペニスに伸ばしてきた。

「あううっ！」

ぎゅっと握られると、女のような声が出た。

「白状すれば、天国よ。それとも地獄がお好きかしら？　生殺しの寸止め地獄で、朝までのたうちまわっていたいわけ？」

ペロペロ、ペロペロ、と裏筋をくすぐるように舐められた。さらに亀頭に舌が這ってくる。そうしつつも、里美はオナニーを続けている。蜜がしたたりはじめた肉穴に指まで入れて……。

遼一は敗北を受け入れるしかなかった。こんなことを続けられたら、頭がおかしくなってしまう。

5

遼一は畳の上に正座していた。

手脚の拘束ははずされていたが、服を奪われた。全裸で正座だった。普通に考えれば、これ以上ない屈辱なのに、勃起していた。里美がウルトラTフロント・パールを股間に食いこませたまま、遼一のまわりをうろうろしているからだった。

「なるほどね……」

里美は腕組みをしてうなずいた。

「それで、あのホテルの四十二階で童貞を奪われたわけか……」

「はい……」

勃起しつつも、遼一はがっくりとうなだれていた。里美のいやらしすぎる拷問に負け、夕希子とのすべてを話してしまった。童貞を貰ってくれた女神のような女社長を、売ってしまったのである。

「さすがユッキーってところかしら。会社の経費で借りたホテルの部屋でエッチしたのはいかがなものかと思うけど、三十五歳が女の性欲のピークって説には、納得するしかないものね」

「副社長も三十五歳なんですよね？　社長と同級生だから……」

「そうよ」

「やっぱり性欲のピークなんですか？」

「どう思う？」

里美は遼一の正面に立って、ウルトラマンのように両手を腰にあてた。左右の乳首には真っ赤なハートのニップレス。股間には真珠が連なるTフロント……。

「いや、その……性欲のピークであってもなくても、満たされてそうだなって……なんか奔放そうだし……社長と違って……」

「いまのは聞き捨てならないわよ」

里美の眼が吊りあがった。

「まさかキミは、ユッキーが真面目っ子で、わたしは尻の軽いプッシー・キャットだと思ってるの？　それはとんでもない認識違い。わたしがいままで体を許した男はたったの三人。三人目がダンナ。初体験だって二十歳過ぎてからだし、どっちかっていうと奥手の部類だったんだから」

股間に真珠の連なりを食いこませた姿で言われても、まったく説得力がなかった。

「ここだけの話だけどね、ユッキーがヴァージン捨てたのは高一のときよ。ミドルティーンからセックスしてたんだから、不良よ、不良」

それは見栄から出た嘘だと、遼一は知っていた。

「でもその……副社長は金髪ロングで派手だし、スタイル抜群でセクシーだし、フェロモンだってむんむんだし、モテそうじゃないですか？」

「浮気してるんじゃないか、って言いたいわけ？」

「いや、あの……責めるつもりはありませんよ。そういうのもカッコいいじゃないですか。フランス人みたいで……」

どうでもいいが、全部白状したのだから、早くセックスさせてくれないだろうか。生殺し地獄を抜けだし、天国に行くために夕希子を売ったのに……。

そのときだった。

スパーンッと音をたてて頬を張られた。

「なっ、なにするんですか？」

頬を張った勢いでそうなったのだろう、金髪ロングが顔を覆って、里美の表情がうかがえなかった。ゆっくりと髪をかきあげてこちらを見た。眼が真っ赤だった。泣いているらしい。泣きながら怒ってる……。

「浮気されたのはねえ、こっちだっていうのよ。わたしはサレ妻なのよ。世にも恥ずかしい浮気をされた妻なの！」

「そっ、そうだったんですか……」

「三十ちょっと前のとき、わたしとっても太ってたのよ。ダンナが専業主婦になってもいいって言うから、毎日ゴロゴロしながらジャンクフードばっかり食べてたら、あっという間に十キロくらい太っちゃって……でもダンナはそれくらいのほうが抱き心地がいいとかって言うから、調子に乗って十五キロまで増量しちゃってって……」

「で、ご主人は細い女性と浮気、ですか？」

「細くて若い女とね！　女子大生ですって！　しかも、細くて若くても、そんなに可愛くないのよ。大学時代、抱きたい女ナンバーワンだったわたしに比べたら、もう全然……レベルが違う感じね。そう思いながら素っ裸で鏡の前に立って、愕然とした……こりゃあ、浮気されるわ、って納得しちゃった」

「離婚はしなかったんですか？」

「向こうが誠実に謝って反省したし、こっちもまあ、そういう感じだったから、なんとなくね……でも、夫が自分のところに戻ってきたところで、サレ妻になった屈辱は晴れなかった。わたしはジムに通ったわ。一週間に八回ね。ヨガにもボクササイズにも筋トレにも通って、半年で体重を元に戻した。ううん、元以上ね。エステなんかにも行きまくって、独身時代の貯金を全部使い果たしたから……」

「じゃあ、ご主人ともまたラブラブに……」

里美は力なく首を横に振った。

「ユッキーがあなたに見せたっていうグラフを見てみたいわよ。ユッキーのご主人は六つ上でしょ。わたしのダンナはひとまわりも上なんだから！　半年かけて取り戻したダイナマイトボディで迫ったわよ。たまにはエッチしない？　って、可愛くおねだり。なんて言われたと思う？　そういうのはもういいからって……浮気をしたのが燃え尽きる前の最後の炎だったって……遠い目で……」

「じゃあ、やっぱりセックスレス……」

「文句あるの？」

「ないです」

「こんな恥ずかしい格好で写真を撮られてるのだって、考えてみたらダンナに対する復讐みたいなものかもね。顔だって出してやりたいくらいよ。ユッキーとチィちゃんがとめるから我慢してるけど、ヌードだってオッケーなんだから」

ヌードになったら下着の宣伝にならないと思うが……。

「すっ、すごい綺麗だと思いますよ」

遼一が言うと、

「えっ……」

里美は横眼でじっとりとこちらを見た。

「二十三歳のキミから見ても、わたし、綺麗？」

「はい」

遼一は力強くうなずいた。なにしろサイトに載ってる下着姿でオナニーしちゃったくらいですからね、とは言いたくても言えなかった。

「ユッキーとどっちが綺麗？」

「えっ？　そっ、それは……」

「言いなさいよ」

里美が手を取って引っぱってくる。立ちあがらせるつもりだったらしいが、遼一の両脚は正座で痺れきっていた。立ちあがれずに、ふたりで畳に転がった。

「どうなの？　ユッキーとわたし、どっちが綺麗？」

息がかかる距離に迫ってきた里美の顔は、ハーフのように彫りが深く、大きな切れ長の眼をしており、美人と呼ぶことにためらう必要はどこにもなかった。

しかしこれ以上、夕希子を売ることはできない。夕希子と里美、どちらが綺麗かはわからないが、どちらが好きかと問われたら夕希子を選ぶ。一生忘れられない思い出がある。清らかな童貞を捧げた……。

だがしかし、ここで夕希子を売らなければ、里美は臍《へそ》を曲げるだろう。セックスさせてくれる約束が白紙撤回されるに決まっている。それはつらい。夕希子よりボリュミーなバスト、夕希子よりメリハリのあるボディライン、そしてなにより、清潔なパイパン……味わいたい。

「もちろん、副社長のほうがお綺麗です」

嘘も方便だ。

「社長もかなりの美人ですが、セクシーさとフェロモンの量で、副社長の勝ち」

「本当かな？」

里美が猜疑心《さいぎしん》たっぷりの眼で見つめてくる。

「キミはただ、わたしとやりたいだけなんじゃないの？　そういうんじゃちょっとなあ……わたしとしても、初めての浮気なのよ？　これって、セカンド・ヴァージンみたいなものじゃない？　ユッキーファンの若い男の子にセカンド・ヴァージン捧げると思うと、なんだかやる気なくなってくるなあ……」

「意地悪言わないでくださいよ」

遼一は泣きそうになった。

「天国に行かせてくれるって言うから、僕は全部白状したんですよ。こんなこと言いたくないですけど、社長を売ってまで……」

「まあ、そうね」

里美は大きな黒眼をくるりとまわし、

「じゃあ、抱かせてあげるのはいいとして、ひとつ、条件を呑んでくれる？」

「……どんな条件でしょうか？」

遼一は眉をひそめた。まだこれ以上条件をつけてくるなんて、まるで注文の多い料理店だ。

「さーて、どーんな条件かしらねえ……」

里美がニヤニヤと笑いだしたので、遼一の心臓は早鐘を打ちだした。

6

「だっ、大丈夫ですね？　絶対に痛くないですね？」

畳の上に横たわっている遼一は、顔中をひきつらせ、上ずった声をあげた。

「大丈夫、大丈夫。痛くない、痛くない」

里美がニヤニヤ笑いながら返すので、恐怖と不安は高まっていく一方だ。

遼一の股間にはいま、ブラジリアンワックスが塗られている。脱毛のための蠟《ろう》である。熱してドロドロの状態にして毛の生えた皮膚に塗り、一気に剝がす——里美はまったく痛くないと主張しているが、本当のところはわからない。

「嘘じゃないわよ。わたしだって月に一度はこれで脱毛してるんだから、そんなに怯えなくても大丈夫だって。いくわよ。せーの……」

ベリベリッと音をたてて、股間の蠟が剝がされた。

「ひっ、ひぃいいいーっ！」

遼一はのけぞって悲鳴をあげ、ブラジリアンワックスは剝がされた。たしかに痛みはそれほどではなかったが……。

「やったわ、成功よ。ハサミで切ってからやったのがよかったわね。見て見て、この仕上がり」

里美が得意げに眼を輝かせる。

「ううっ……ううう……」

遼一は自分の股間をのぞきこみ、心を千々に乱した。剛毛すぎる陰毛は、中学生時代からのコンプレックスだった。しかし、それがまったくなくなってしまうと、つるんつるんでなんだか情けない。

子供のころも毛は生えていなかったけれど、あのころのペニスは小指くらいだった。

現状はもう充分に大人の持ち物であり、しかも勃起しているから、異様な光景である。外国人は男でもパイパン率が高いそうだが、本当なのだろうか。

「気分はどう？」

「はっ、恥ずかしいです」

「いいじゃない。可愛いわよ。もじゃもじゃだったときより、オチンチンだって大きく見えるし。なんだかずいぶん立派になったみたい」

それは遼一も感じていた。そもそも全長の半分以上が陰毛に埋まっていたのだから、陰毛がなくなれば倍の長さに見えて当然なのだが……。

（それにしても、いったいどういう人なんだろうな……）

恨めしげな横眼で、里美を見た。セックスをする条件として、わたしがパンパンなんだから、キミもパイパンにしないといやだとゴネたのだ。こちらは夕希子のことをすっかり白状したというのに……。

「なによ。なんか納得いってない顔してるわね？」

「いえ、べつに、そんな……」

遼一が口ごもると、里美は横から身を寄せてきて、耳元でささやいた。

「パンパンにしてあげた本当の理由、なんだと思う？」

「どうせからかうためでしょう？」

「違うって」

「じゃあ、いったい……」

「パイパン同士のセックスって最高に気持ちいいんですって。毛がないぶん、密着感がものすごいらしいよ……興味ない？」

遼一は里美を見た。視線と視線がぶつかった。遼一はごくりと生唾を呑んでから、うなずいた。

「わたしも、ものすごく興味ある……」

里美は眼を三日月の形にして笑うと、立ちあがって真珠が連なるＴフロントパンティを脱いだ。

（おおおっ……）

立っていても割れ目の上端が見えている彼女の股間は、破壊力抜群だった。

手を取って立ちあがらされた。ひとり掛けのソファに座らされると、里美は遼一の両脚の間に膝をついた。

「うーん、見れば見るほど可愛いわねえ……」

そそり勃ったペニスに指をからめ、角度を変えながらまじまじと眺める。

「なんだか見ているだけで興奮しちゃう。あそこが疼《うず》きだしちゃう……」

ねろり、ねろり、と裏筋を舐めてくる。舌先をいやらしく尖らせては、根元から先端にかけて、ツツーッと刺激する。

「おおおっ……」

生温かい舌がもたらす快感に、遼一は声をもらした。金髪ロングに彫りの深い美貌、そんな里美にペニスを舐められていると、座っているのに両脚が震えだしてしまう。

だが……。

いまばかりは、舐められるのではなく、舐めたかった。先ほどさんざん見せつけられた、パイパンの股間——あのときは真珠のTフロントで割れ目が隠されていたが、いまは無防備の状況だ。したことがないので自信はないが、クンニリングスをしてみたい。あの白く輝くツルマンを、ふやけるほどに舐めまわしたい。

「うんあっ……」

里美が亀頭を咥えこんだ。「むほっ、むほっ」と鼻息を荒くしゃぶる姿はダイナミックで、彼女らしさが滲んでいる。

だが、里美はただ、口腔奉仕に耽っていただけではなかった。いつの間にか、右手が自分の股間に伸びていた。フェラチオをしながら、オナニーを始めたのだ。

（そっ、そりゃあないよ……どうせなら俺にやらせてよ……）

フェラの刺激に身悶えながらも、悔しくてしかたがなかった。遼一の耳底には、夕希子に言われた台詞がこだましていた。

『じゃあキミ、免許もってない人が運転するクルマの助手席に乗れる？』

里美も同じことを考えているのかもしれない。童貞を卒業したとはいえ、セックスの経験はたったの一回。教習所の中をたった一周まわっただけでは、仮免だってもらえない。里美もきっと、遼一に体をあずけるのが怖いのだ。

「ああっ、すごくおいしい……」

フェラを中断した里美が、半開きの唇から唾液を垂らす。遼一が悔しがっている間に、彼女はすっかり準備が整ったようだった。眼つきが完全に変わっていた。

「抱っこしてもらって、いい？」

「はっ？」

「わたし、抱っこしてもらうのが、いちばん好きなの……」

立ちあがり、遼一の上にまたがってくる。里美の言うところの「抱っこ」とは、対面座位のことらしい。

遼一にとっては、ノーマークな体位だった。ＡＶで見ていても、早送り候補の筆頭だ。背面座位なら、カメラに結合部を向けているから大好きだが……。

（どっ、どうせなら、騎乗位を……里美さんみたくSっぽい人には、騎乗位が似合いそうなのに……騎乗位がいいのに……）

心の声は里美に届くことなく、対面座位で結合の体勢が整えられていく。

「ぅんんっ……んんっ……」

ペニスに手を添えた里美は、腰をくねらせながら、切っ先を濡れた花園に導いた。ヌルリッ、と亀頭に訪れた感触だけで、遼一の息はとまった。

「いくわよ……」

里美は眼の下をピンク色に染めた表情で、こちらを見つめてきた。視線を合わせながら、腰を落としてきた。

ずぶっ、と亀頭が肉穴に埋まった。入口のところこそ窮屈だったが、いったん入ってしまうと、スムーズに奥まで入った。里美の中は、よく濡れていた。

「んんんーっ！」

ペニスを根元まで咥えこむと、里美はぎゅっと眼を閉じて、ピンク色に染まった顔を歪めた。騎乗位じゃなくてよかった、と遼一は思った。すぐ近くで里美の顔を見ることができたからだ。

「んんんっ……んんんんっ……」

里美が苦悶の表情で、身をよじる。眉間に刻んだ縦皺が、どこまでも深くなっていく。大人の女のよがり顔に、遼一は圧倒された。大人の女であればこそ、それは夫以外の人間には決して見せない表情のはずだった。仄暗《ほの》い閨房《けいぼう》の中でだけ見ることのできる、秘めやかな妻の本性……。

しかし……。

里美はハッと眼を見開くと、

「きっ、気持ちいいいいいいいーっ！」

眼尻も眉尻も限界までさげた泣き笑いのような顔で、腰を振りはじめた。クイッ、クイッ、と股間をしゃくっては、秘めやかさなど微塵も感じさせない大胆さで、腰をグラインドしてくる。

「パッ、パイパン同士、すごいねっ……すごい密着感だね……オチンチンとオマンコ、一ミリの隙間もなく、くっついてるね……」

たしかにすごい密着感だった。普通なら、濡れた肉穴とペニスの間に、毛がある。男にも女にも生えている。それがパイパン同士となると、皮膚と皮膚、肉と肉とが、ダイレクトに接しているのだ。

「あああっ……はぁあああっ……」

里美が腰を振れば振るほど、大量の蜜もあふれ、すべりがよくなっていった。どれだけ濡らしても、密着感が強くなっていくのがすごい。

「ねえ……」

里美が甘えたような声で言った。

「おっぱい、チュッチュしてくれないの？」

表情は困ったような感じで、口調は舌っ足らず——なんだかキャラが変わっていた。

「いや、でも……」

里美が腰を動かすリズムに乗って、ふたつの胸のふくらみは、遼一の目の前で揺れはずんでいた。当然興味を惹《ひ》かれていた。なにしろ、夕希子をしのぐ推定Gカップ。重量感たっぷりの揺れはずみ方が、扇情的すぎる。

とはいえ、許しも得ずに揉むわけにはいかなかったし、先端には真っ赤なハートのセクシーニップレスが貼られたままなのだ。

「剝がして……」

「はっ、はい……」

遼一はニップレスをつまみ、ベリッと剝がした。

「あううっ！」

一瞬、眉間に深い縦皺を寄せた大人のあえぎ顔になったが、すぐに眼尻を垂らした顔に戻り、

「チュッチュして……チュッチュして……」

唇を尖らせ、赤ちゃん言葉でねだってきた。

（さっきまで、まるっきりドSだったのに……）

ペニスを咥えこんだ途端、甘えん坊の赤ちゃん言葉になるなんて、女というのは本当によくわからない。

遼一はもう一方のニップレスも剝がすと、双乳の裾野をやわやわと揉みしだきながら、左右の乳首をまじまじと見た。

（すっ、すごいな……三十五歳なのに……）

乳首の色が薄ピンクだった。透明感すらあった。色白だからかもしれない。そういえば、股間のまわりの肌も、まったくくすんでいなかった。

「チュッチュして……おっぱいチュッチュして……」

里美はねだりながら腰を動かしてくる。甘えた表情に赤ちゃん口調——顔まわりはそうでも、腰使いは大人の女そのものだ。クイッ、クイッと股間をしゃくり、ぐりぐ

りと押しつけてくる。もはや熟練の貫禄さえ感じさせる。

遼一が右の乳首をチロッと舐めると、

「あんっ！」

里美は可愛い声をあげた。

「ちっ、乳首が感じやすいのっ……すごい敏感なのっ……オチンチン入れながら刺激されると、もうダメなのっ……すぐイッちゃうのっ……あううぅっ！」

遼一は右の乳首に吸いついた。色合いは清らかでも、吸えば吸うほど口の中で硬く尖っていく。

左の乳首も指でいじった。

「ああんっ、いやあーんっ！」

里美は顔を真っ赤にすると、すさまじい勢いで腰を振りたててきた。金髪のロングヘアを振り乱し、ずちゅぐちゅっ、ずちゅぐちゅっ、と卑猥な音をたてて……。

（すっ、すげえっ……すげえ乱れ方だ……）

遼一はたわわに実った双乳を揉みしだき、左右の乳首を交互に口に含んだ。必死だった。里美は真っ赤になった顔に汗の粒を浮かべ、それをしたたらせながら、腰を振っている。

迫力に圧倒された。先にイッてしまったりしたら、あとで殺されるかもしれないと内心で怯えたほどだった。おかげで、里美が繰りだす腰振りに乗りきれず、快感に集中することができなかった。

だが、それでよかったのだろう。暴発してしまうよりも、よほど貴重な経験を得ることができた。

「あぁっ、イクッ！　もうイクッ！　イクイクイクイクッ……はっ、はぁあおおおおおおおおーっ！」

ビクンッ、ビクンッ、と腰を跳ねあげて、里美は絶頂に駆けあがっていった。童貞に毛が生えたような遼一にもそうだとはっきりとわかるほど、全身を激しく痙攣《けいれん》させて肉の悦《よろこ》びをむさぼり抜いた。

ＡＶでは何度も拝んでいる光景だった。男優の射精など見たくないから、女がイクのに合わせてこちらも射精するのが、ＡＶ鑑賞オナニーの基本だった。

しかし、実際に性器を繋げて、そのシーンを味わうと比べものにならなかった。途轍《とてつ》もなく興奮した。

「ああああっ……ああああっ……」

あられもない表情でしつこく腰を振っている里美には、先ほどまでのドSっぽい威厳は皆無だった。恥や外聞など一ミリも気にしていなかった。公衆の前では絶対に披露できない、恥ずかしすぎる表情を見せつけてきた。

そのくせ、動きをとめると、ハアハアと息をはずませながら上目遣いでこちらを見つめ、

「イッ、イッちゃった……」

真っ赤な顔で照れくさそうに笑うのだ。

(かっ、可愛い……可愛すぎるだろ!)

遼一は胸がキュンと高鳴るのをどうすることもできなかった。

第三章　快感プロデュース

1

（まずいぞ……これはまずいことになったぞ……）

社長に見初《みそ》められて入社し、彼女に童貞を捧げ、ある意味忠誠を誓ったはずなのに、副社長とも関係をもってしまった男の末路は悲惨だった。

夕希子は仕事中、遼一と関係があることをおくびにも見せない。むしろ冷たいくらいだが、誰にも言えない秘密をもつ者としては、きっとそれが正解なのだろう。

一方の里美も、社内ではツンツンしている。いままで以上に睨んだり、鼻で笑ったり、舌打ちしてきたりするのだが、やたらと弁解のＬＩＮＥを送ってきた。

——さっきは怖い顔で見ちゃってごめんね。
——そうしてないと、デレデレしちゃいそうな自分が怖いの。
——この前の抱っこ、本当に気持ちよかった。
——またしてくれるよね？　すぐしてくれるよね？
——今度はクリちゃんもチュッチュしてね。
——あれからそのことばっかり考えているの、エッチだね、わたし。
——でもオナニーは禁止。どうせすぐにキミに気持ちよくしてもらえるから……。

日曜日に会いたい、と誘われた。

——千葉の郊外に、プール付きのラブホ見つけちゃったの。
——わたし水着持っていくから、一日中遊んでようよ。
——楽しみだなあ、ふたりきりの淫らなリゾート。
——いちおう目標を立てましょうか。キミはその日に五回射精する。

あり得ない話だった。五回の射精があり得ないのではない。オナニーだったら一日七回射精したことがあるけれど、日曜日は夕希子と海にドライブなのである。

――すいません、日曜は先約がありまして……。

そうＬＩＮＥで告げると、返信がピタリととまった。安堵したのが半分、嫌な予感が半分だった。あたったのは後者だった。

その日の夕刻、ガレージに商品を探しにいくと、隅のほうで里美がうずくまっていた。こちらを振り返ると、金髪の向こうに真っ赤に腫れた眼が見えた。泣いていたらしい……。

ひと言も発さず、ガレージのドアから外に飛びだしていった。遼一は呆然と立ちつくしていることしかできなかった。

（めっ、面倒くさい……）

社員募集に見せかけてセフレを探していた夕希子もかなりのものだが、彼女の場合、その他の場面ではしっかり大人だった。秘密を抱えるリスクを理解していた。

里美は違う。大学の同級生でも、夕希子ほど大人じゃない。感情のコントロールができず、扱い方を間違えると、とんでもないことをしでかしそうだった。

——日曜日、午後一時に新宿アルタの前で待ってる。来たくなかったら、来なくてもいいです……。


先約があると言っているにもかかわらず、そんなＬＩＮＥを送ってくる始末だ。

（どうしよう……どうしたらいい……）

ご丁寧に、日曜日の午後一時というのは、夕希子が指定してきた待ち合わせ時刻とも一致していた。

金、土、日とあっという間に時間が過ぎていき、遼一は日曜日の午前中になっても、自宅のベッドの上で転げまわり、悶々としつづけた。

出した結論はこうだった。

どちらにも会わない——それが最良の結論だとは思えなかったが、夕希子に会えば里美のことが気になるだろうし、里美に会えば夕希子に対して申し訳なさすぎて、突然泣きだしたりしてしまいそうである。こっちのほうが病《や》んでしまう。

体調不良を理由に、どちらにも断りのＬＩＮＥを送った。

里美からレスはなかった。

夕希子からはすぐに返ってきた。

——わたし、この世でドタキャンする人がいちばん嫌い。

心にぽっかり風穴が空き、冷たい風が吹き抜けていった。夕希子の怒りは当然だった。遼一にしたって三日前から海へのデートを楽しみにしていた。

夕希子の場合はただ楽しみにしているだけではなく、夫にバレないように周到な準備をする必要があったことだろう。その他、彼女のクルマでドライブすることになっていたから洗車をしたり、着ていく服を考えたり、食事をする場所や事に及ぶホテルについて下調べしたり、遼一なんかよりずっとコストがかかっているに違いない。

それを待ち合わせ三時間前にひっくり返してしまったのだから……。

（いや、待て……ちょっと待てよ……）

遼一は不意に焦りはじめた。嫌われるのはしかたがないが、これはただの三角関係の話ではなかった。いつでもどこでも抱いてほしいときに抱いてくれるセフレが欲しくて、遼一は夕希子の一存によってＩＵＣに採用されたのだ。

ドタキャンなんかをしてしまったら、その約束を反故《ほご》にしたことになる。会社での立場はどうなるのだろう？　もう馘《くび》なのか。まだ試用期間中で正式採用されていないから、法律的にもあっさり馘にすることはできる。

（終わったな……）

遼一はベッドに倒れこみ、そのまま立ちあがれなくなった。

2

夕方までまんじりともせずベッドの上で過ごし、べつに空腹は感じていなかったが、なにか食べなくては体に悪いと思って外に出た。

幽霊のような足取りでふらふら歩いているうちに、自宅がある戸越公園からふたつ隣の駅である大井町まで来てしまっていた。いくら歩いても、腹は減ってくれなかった。胸がいっぱいでとてもなにかを口にする気にはなれず、居酒屋にでも入ってひとりで自棄《やけ》酒でも呷《あお》ろうかと思った。

信号待ちから歩きだそうとしたとき、

「危ないっ！」

甲高《かんだか》い声とともに腕をつかまれた。まだ信号が赤なのに、渡ろうとしたのだった。

ブブブブブーッ！　とクラクションを乱暴に鳴らされた。呆然としすぎて、ドライバーに頭をさげることもできなかった。

「大丈夫？」

心配そうに顔をのぞきこんできたのは、ひっつめ髪に黒縁メガネ――ＩＵＣの専務である畑中千登世だった。

「なっ、なにやってるんですか、こんなところで……」

「うち、この近所」

千登世は苦笑まじりに言い、

「キミの顔が見えたから近づいてきたら、いきなり赤信号なのに渡ろうとするんだもん。びっくりしちゃった」

「すっ、すいません……」

信号が青になり、カッコウの鳴き声が聞こえてきた。待っていた人々がいっせいに信号を渡りだしたが、遼一は動けなかった。

「ぼぼぼ、僕は……もうダメです……社会人として、してはいけないことをしてしまいました……破滅です……専務には大変お世話になりました……お弁当、毎日とってもおいしゅうざいました……」

泣いてはいけないと思っていても、涙があふれだすのをどうすることもできず、遼一は路上で号泣してしまった。

「なにかあったの？　わたしでよかったら相談に乗るよ」

「はあ……」

遼一はソファにちょこんと座り、千登世が出してくれた冷たいハーブティーをひと口飲んだ。なんのハーブかわからなかったが、すっきりしていておいしかった。

ここは千登世がひとり暮らしをしている自宅マンション。遼一が路上で泣きだしてしまったので、連れてこられたのである。

部屋の雰囲気が意外だった。玄関には高級ロードサイクルが置いてあったし、部屋の中にはサーフィンボードが飾られていて、ベランダでは干してあるウエットスーツが風に揺れている。

「アクティブに人生楽しんでいる感じですねえ……」

遼一は感嘆に眼を丸くしながら言った。感嘆したのは嘘ではないが、路上で泣いてしまったことから、話題をそらしたかった。相談なんてできるわけがない。

「わたし、基本的に体育会系だからね」

「見えないですけど……」

「そう？　ユッキーや里美もそうよ。わたしたち、大学のダンス部で知りあったんだもん」

「ダンス、踊ってたんですか……」

「けっこう本気でやってたんだから。最後は全国大会で四位までいったしね」

「そりゃすごいですね」

「ユッキーが部長で、里美が副部長。なんかいまの会社みたいね……」

「専務はなんだったんですか？」

「わたし？　わたしは……」

千登世はクールに笑い、けれどもなんだか楽しそうに、ＤＶＤプレイヤーにディスクをセットした。

「最後の大会、ＣＳで放送されたの……」

テレビ画面にステージが映る。メンバーはざっと二十人くらいか。全員、黒と銀のぴったりした全身タイツのようなものを着けていた。本気だな、と遼一は思った。ひらひらしたドレスや、ぶかぶかしたヒップホップスタイルではなく、踊りそのもので観客を魅了してやるという気概が伝わってきた。

アップテンポのエレクトロニクス・ダンス・ミュージックが鳴り響き、メンバーがいっせいに動きだした。衣装は見かけ倒しではなく、誰も彼もびっくりするくらいうまかった。手脚の動きは速く、ジャンプもターンも正確、なにより二十数人の動きが完璧に揃っている。

夕希子はすぐに見つかった。いまとあんまり顔が変わっていない。三人いるフロントの右にいる。

里美もわかりやすかった。髪は黒かったけれど、まわりよりちょっと背が高いし、彫りの深い顔立ちなので、引き画でもよくわかる。彼女はフロントの左。

「すいません、専務はどこで踊ってるんでしょうか？」

黒縁メガネの人を探してみても、どうにも見つからなかった。

「わたしは０番。センターよ」

「うっ、嘘でしょ……」

思わず言ってしまった。夕希子と里美に挟まれているセンターは、誰よりも正確に動き、誰よりも高く飛んでいた。ダンスのスキルだけではなく、表現力もひとりだけ図抜けている気がする。あきらかに、センターの動きが全体を引っぱっている。

それに……。

顔も、夕希子や里美に負けず劣らずだった。眼が大きくて、眼力が強い。セミロングの黒髪を振り乱しながら踊る姿と相俟《あいま》って、たまらなく野性的だ。客席を睨みつける表情がカッコよすぎる。

「本当に、これ専務ですか？」

失礼を承知で訊ねると、

「本当だってば」

千登世はクスクス笑いながら髪をおろし、黒縁メガネをとった。レンズがかなり分厚いのだろう、メガネをはずすといきなり眼の大きさが倍くらいになった。髪をくしゃくしゃっとしてから、前髪越しに遼一をキッと睨んできた。

「ほっ、本当だ……」

なんだか感動してしまった。

「じゃあ、モテたでしょ？　これはもうモテモテでしょ？」

なんでも、夕希子は恋人にしたい女ナンバーワンで、里美は抱きたい女ナンバーワンだったらしい。そのふたりを両脇に従えている千登世は、いったいなんのナンバーワンだったのだろう？

「わたしは全然。目立つのはステージだけで、普段は地味でおとなしいし。ユッキーや里美はモテモテだったけどね」

「そっ、そういうもんですか……」

「モテたってしょうがないもん」

「男嫌いとか？」

「結婚はしたけどね。二度とごめんだわ。男なんてもうこりごり」

「あの……専務ってバツイチだったんですか……」

「違う。現在、離婚調停中」

遼一は気まずげに顔を伏せた。図らずも、重い話を引きだしてしまった。

「それより、なんで路上でいきなり泣きだしたわけ？」

千登世が声音をあらためて言った。

「メンタル崩壊寸前って感じだったわよ。ユッキーや里美と、なんかあった？」

「いや、それは……」

遼一は口ごもった。実はどちらとも寝てしまったんです、と言ったら千登世はどういう顔をするだろうか？

しかし、このままでは会社を馘になることは確実だった。千登世にすがってみるのも、ひとつの手段かもしれなかった。

（そうだよ。あんなじゃじゃ馬ふたりを従えて、センター様だった人だぞ。普段は地味でおとなしくても、実はものすごく頼りになる人なんじゃ……）

千登世を見た。黒縁メガネはかけ直していたが、髪をおろしたままだった。ほんの少しだけ、いつもより女っぽかった。

3

「なるほどね……」

すべての話を聞きおえた千登世は、ふーっと長い溜息をついた。

「あのふたりらしいっていえば、らしいけど……」

「なにが悪かったんでしょうか？　やっぱり、最初の社長の申し出を、きっぱり断るべきだったんでしょうか……」

「無理でしょ、キミじゃあ」

「……と申しますと？」

「ユッキーはとんでもないタフ・ネゴシエーターだもん。うちの会社の業績がどうして右肩上がりなのか知ってる？　いろいろ要因はあるんだけど、いちばんはユッキーの交渉力。正規ルートで輸入なんかしてたら高くてしようがないから、現地まで行って、イタリアとかの田舎《いなか》にあるブランドの工場から、直接交渉で仕入れてるのよ。空のスーツケースを何個も持っていって、それに詰められるだけ詰めこんでね。だからお安く提供できるってわけ。インポート・ランジェリーのガーターベルト付き三点セットなんて、六本木あたりの専門店で買ったら軽く十万はするわよ。うちはその六掛けか七掛け。でも、はっきり言って仕入れ値なんて何千円だから」

「そんなカラクリがあったんですか……」

「そうよ。いくらイタリア人が適当だからって、それだけ安く仕入れるには粘り強い交渉力がいる。飴《あめ》と鞭《むち》を上手に使い分けてね……自分自身を信用に足りる、決して裏切らない人間であることを示す必要もあるし。マフィアみたいなものよね、もう……キミみたいな若い男の子が、そんな女と密室でふたりきりになって、言いくるめられないわけがない」

「じゃあ……やっぱり、副社長の誘惑からは、死に物狂いで逃げるべきだったんでしょうか？」

「それも無理でしょうねえ……」

千登世は力なく首を振った。

「里美は見た目が派手だし、チャラチャラしてるって誤解されがちだけど、とんでもない……あの子の成分は努力と根性で九九パーセントなんだから。わたしは子供のころからバレエや器械体操やってたから、大学のダンス部じゃ一年のときからフロントだったのよ。里美は初心者のうえに不器用だから、なかなか選抜に入れなくてね。二年の夏くらいだったかなあ、『チィちゃん、振り入れのコツ教えて』って突然言ってきたの。それまでべつに仲よくもなかったのに……わたしは教えるの嫌いじゃないから、夜中にスーパーのガラスを鏡代わりにしてコーチしてあげたんだけど、まー、覚えの悪いこと、悪いこと……唖然としたけど、絶対諦めない意志の強さにはもっとびっくりした。わたしもダンスになるときついとこあるから、『向いてない』とか『やめたほうがいいよ』ってつい言っちゃうんだけど、あの子は号泣しながら踊りつづけたからね。で、一カ月くらいしたら、選抜に入っちゃった」

「たしかに……」

遼一はまばたきも呼吸も忘れたままうなずいた。

「完璧にロックオンされて、逃れられる気がしませんでした……」

「でしょー。執念深いのよ。蛇みたいなものね」

「でも……逃れられなかったおかげで……僕は社長に嫌われて……会社も馘に……」

「大丈夫じゃないのー、ちゃんと謝ればー」

千登世は歌うように言った。

「そんな……他人事みたいに言わないでくださいよ」

「他人事でしょー。わたしあなたのママじゃないし」

「冷たいこと言わないでくださいよ」

「どうして冷たいか、わかる？」

千登世が黒縁メガネをずらし、裸眼で睨んできた。また急に眼が大きくなった。

「いまの話、どうにも納得がいかないのよ」

「どっ、どのへんが……」

「ユッキーや里美がレスで悩んでるのは、まあなんとなく感じてた。年中一緒にいるわけだしね。レスが苦しいのもわかる。でもね、あのふたりには曲がりなりにも夫がいるわけ。こっちは離婚調停中でもうすぐバツイチ……どっちが可哀相《かわいそう》？」

「いや、まあ……専務ですかね」

「でしょー。なのにキミは、どうしてわたしを抱かないのよ。ユッキーや里美は、そうね、なるほど美人さんよね。わたしはそこまでじゃない。自分でもわかってる。でもね……」

手招きされ、顔を近づけた。遼一の耳元に、千登世の唇が寄ってくる。

「エッチは絶対、わたしのほうがうまいよ」

「いっ、いやあ……」

遼一は顔が熱くなるのをどうすることもできなかった。

「セックスだって結局は肉体のパフォーマンスなんだもん。踊ってるところを見たらすぐわかる。あっ、この子、下手そうとか、あの子、激しそうとか……そのダンスで、わたしはあのふたりに負けたことが、ただの一度もありませんでした」

「男はこりごりって言ってませんでしたか？」

「セックスがこりごりとは言ってないでしょ」

遼一は返す言葉を失った。

「わたしだって……三十五歳なんだから……」

千登世は長い溜息をつくように言った。

「うちの敏腕社長は、三十五歳がなんのピークだって言ってた？」

「……性欲」

「もうわかったわね」

千登世は鷹揚《おうよう》にうなずいた。

「親身になって相談に乗ってほしければ、まず押し倒さないと。下手でもいいから、わたしを悦ばせようって汗かかないと。終わったあとに『実は……』って切りだされたら、わたしだって鬼じゃないから、冷たくなんてできない。リョーちゃん、わたしだけはキミの味方だよ、ってたぶん言う」

「……本当ですか？」

遼一は泣きそうな顔で千登世を見た。どう考えても、傷口をさらにひろげる愚行にしか思えない。

（いや、もうこうなったら、ダメ元で専務に賭けてみるしかないよ……このままだと馘になるのは確実なんだから……）

しかも、ここでなにもせずに部屋を後にすれば、千登世まで敵にまわすことになる。普段は地味でおとなしくても、彼女はプライドが高そうだ。それを逆撫でにしたりしたら、どんな報復が待っているかわからない。

遼一はコホンとひとつ咳払いしてから言った。

「ねえ、専務。さっきは謙遜《けんそん》してらっしゃいましたけど……僕は決して、専務の容姿があのふたりに劣るとは思っていませんよ」

「なーに……」

千登世は鼻で笑った。

「目の前にニンジンぶらさげたら、突然甘い台詞《せりふ》なわけ？」

言葉とは裏腹に、千登世はなんだか嬉しそうだ。

「嘘じゃないですよ、専務……」

身を寄せていくと、千登世はよよと顔をそむけ、

「専務って言わないで……」

「なんと呼べば」

「……チィちゃん」

「チィちゃん」

見つめあい、唇を重ねようとしたが、

「待って」

おでこを手で押さえられた。

「女にはほら、準備がいるから。丸腰で床入りできないから。ちょっと待ってて
……」

遼一を残し部屋を出ていった。

4

バスルームからシャワーの音が聞こえてきた。

遼一は時間を潰すため、先ほどのダンスのビデオをもう一度見た。

（これが努力と根性の成果には見えないけどなあ……）

フロントで踊っている里美には、どう見ても天性の華《はな》があるように感じられた。体がとても柔らかく、反り返るポーズがやけに格好よく決まっている。

里美が華やかさで眼を惹くなら、夕希子のダンスはしなやかさとエレガンスだった。手脚の長さを存分に活かし、大きく踊る。

だがやはり、もっとも眼を惹くのはセンターの千登世だった。

身長は三人の中ではいちばん低い。だが、体型が筋肉質で、動きが速い。体全体をバウンドさせるように踊り、重力からどこまでも自由。

（カッコいいなあ……）

色眼鏡なしで見ても、千登世の存在感は圧倒的だった。顔が汗びっしょりで、それが飛んで照明に照らされ、キラキラ光っていた。会社で働いている姿からは想像もできないが、ステージだけでは燃えるタチ……。

（ベッドじゃ、どうなんだろうな……）

遼一はにわかに緊張し、口の中が渇くのを感じた。

千登世はやけに自信満々だった。夕希子よりも里美よりも、自分のほうがセックスがうまいと断言していた。

そんなふうにハードルをあげてしまうなんて、よほど自信がなければできない。下手だと言っておいたほうが、絶対に得だろう。にもかかわらず……。

「おまたせ」

ドアの隙間から、千登世が顔をのぞかせた。

「隣の寝室に移動して。ドレッサーのところにスタンドがあるから、それ点《つ》けておいてちょうだい」

「はあ……」

遼一は立ちあがって隣の部屋に移動した。千登世が顔をのぞかせたドアとは別のドアで、リビングと寝室は繫がっていた。まだ昼間にもかかわらず、遮光カーテンが引かれた部屋は暗かった。言われた通りスタンドのライトを点けると、間接照明のようなムーディな感じになった。

部屋はモノトーンを基調にした落ちついた雰囲気だった。あまり女性らしさは感じられないが、ドレッサーに並んだ化粧品の数はすごい。香水のコレクションなどもあるようで、いい匂いがする。

「下着だけになって、ベッドに横になってて」

ドアの向こうから、千登世が指示してきた。

「はい……」

遼一はTシャツと綿パンを脱ぎ、ベッドに横になった。けっこう広い。ダブルサイズくらいはありそうだ。シーツと枕カバーの色は紺。とことん落ちついていて、千登世らしいと言えばらしい。

「じゃーん」

部屋に入ってきた千登世は、白いバスタオルをひろげて、体を隠していた。軽くステップを踏みながら、さりげなくドレッサーの前に移動した。後ろからスタンドライトを浴びて、白いバスタオルにボディラインのシルエットが映る。

さすがセンターと拍手してもいい登場の仕方だったが、

(すっ、すげえっ……)

遼一の視線は千登世の太腿に吸い寄せられた。バスタオルの幅はそれほど広くないので、胸元から股間あたりまでしか隠せない。太腿はほとんど全部見えている。

（ムッ、ムチムチじゃないか……ムチムチじゃないかよ……）

夕希子の太腿も顔に似合わずむっちりしていたし、里美の白い太腿も魅力的だったが、ムチムチ度では千登世がナンバーワンだった。そもそも、見たのが初めてなのだ。面接のときはパンツスーツだったし、会社ではずっとジャージだから……。

「今日は遼一くんのために、とっておきの下着を着けてみました……」

千登世が眼を細めて言う。メガネをかけていないから、見えづらいのだろう。

「おフランスはパリで買い求めた、お気に入りのものです。見てみたい？」

「み、見てみたーい」

コンサート会場でコールするように、遼一は言った。期待が高まる。ＩＵＣ社員の面目躍如というか、夕希子も里美もすごい下着姿を披露してくれた。

「じゃあまず、後ろから」

ジャンプ一番、くるっと半回転して背中を向けた。

「おおおっ……」

遼一は感嘆の低い声をもらした。バックレースに飾られたヒップがまず眼に飛びこんできた。淡い若草色をベースにした花柄で、バックレースは豪華な金色。いかにもフレンチテイストの上品なデザインと言ってよく、ＩＵＣでもこの手のものはよく売れている。

だが、下着を冷静に観察できたのなんて、ほんの一秒か二秒だった。千登世のヒップは、太腿に輪をかけてムチムチだった。どちらかといえば小ぶりなのだが丸みが強く、プリッと突きだして、尻と太腿の間にしっかり境界線がある。

こういうヒップを維持するには、かなりの時間と労力がかかるそうだ。以前テレビで、美尻トレーニングの先生が言っていた。

「どうかな？　バックレースがゴージャスでしょ？」

千登世が照れた横顔で言い、

「いやあっ……チッ、チィちゃんのお尻がセクシーすぎて、下着なんて眼に入らないですよ。よっぽど自慢のお尻なんですね」

そうでなければ、いちばん最初に見せつけてくるわけがない。

「なによ、意地悪っ！」

千登世はバスタオルで前を隠したまま、ベッドにダイブしてきた。

「おばさんがなに頑張ってるのって、引いちゃった？」

「チィちゃんはおばさんじゃないです」

遼一は真顔で返した。

「こんなにセクシーなおばさんなんて、いるわけがありません」

「やだ、もう。遼一くんってやさしいね。わたし、やさしい男の人、好きよ」

身を寄せてくると、ハーフカップのブラジャーから乳房の上部が見えた。それもまた、驚くほど丸かった。見るからに弾力がありそうだった。千登世の体はどこもかしこもゴム鞠《まり》みたいで、揉みくちゃにしてやりたくなる。

しかし。

「じゃあ、シャワーお借りします」

遼一が体を起こそうとすると、

「なんで？」

千登世は首をかしげた。

「だって……チィちゃんが浴びたから、今度は僕の番でしょう？」

「エッチの前に女がシャワーを浴びるのはね、マナーよ、マナー。でも、男が浴びるなんてあり得ない。キミ、松茸を料理する前に洗うわけ？」

「いっ、いやあ……」

遼一の顔は熱くなった。つまり彼女は、洗う前のペニスの匂いを嗅ぎたいと言っているのだ。

「いっぱい舐めてあげるからね……」

千登世はバスタオルを投げ捨てると、遼一の上に馬乗りになってきた。眼を細めて見つめられた。近視のせいだろうが、やけに色っぽい。

千登世が顔を近づけてきた。キスをされるかと思った。しかし、彼女の顔が向かったのは首筋だった。

「ぅんんっ……ぅんんっ……」

くんくんと鼻を鳴らしては、舌を這わせてくる。彼女の舌は小さい気がした。小さくてつるつるしていてよく動く。

首筋の匂いを嗅いだり舐めたりしつつ、乳首をくすぐってきた。爪を使ってごく軽く……さらに股間を遼一の腹部に押しつけてくる。大人っぽいセクシーランジェリーを着けていても、そこに男を迎え入れるための柔らかい肉があり、熱く疼きだしているのが伝わってくる。

(さっ、さすがだな……)

いきなり三点を同時に愛撫され、遼一は身悶えた。しかも、押しつけがましい感じがしないのがいい。千登世の愛撫はすべてがさりげない。

「あーっ、若い男の子の匂いって、こんな感じだったよねえ。夏の草いきれみたいで、青春時代を思いだしちゃうなあ……」

眼の下をねっとりと紅潮させながら、ささやいてくる。唇を重ねてくる。舌と舌とをからめあうと、千登世の舌はやはり小さくてつるつるしていた。

（かっ、可愛いなあ……）

夕希子も里美も、裸になるとキャラが変わった。夕希子はブリッ子だったし、里美はドSに見せかけた甘えん坊。

千登世はナチュラルに可愛かった。全身がゴム鞠みたいにムチムチだし、なんというか、保護欲を誘う小動物のようなのである。

だが、馬乗りになった千登世が後ずさっていき、ブリーフを脱がされると、保護欲などという言葉は二度と脳裏に浮かんでこなかった。

「うわー、ホントにパイパンだ。里美も容赦ないなあ……」

千登世は、毛の保護がないまま天狗《てんぐ》の鼻のようににょっきりと屹立《きつりつ》しているペニスを見て、眼を丸くした。それから、遼一の両脚の間で四つん這いになり、フェラチオを始めた。くんくんと匂いを嗅いではうっとりした顔で亀頭に舌を這わせ、根元をすりすりとこすりながら口唇に咥えこんでくる。

そこまでは流れるようにスマートな動きだったが、しゃぶりはじめると様子が一変した。口の中で大量に分泌させた唾液ごと、じゅるっ、じゅるるっ、と音をたてて吸ってきた。

「おおおっ……おおおおっ……」

遼一は身をよじらずにはいられなかった。千登世は口内粘膜とペニスをぴったりと密着させていなかった。わずかの隙間に唾液を移動させ、ソフトでありながらたまらなく卑猥な刺激を実現している。

(すっ、すごいな……これぞ床上手って感じだ……)

遼一は感動のあまり涙眼になりそうになり、

「あっ、あのう……」

千登世に声をかけた。

「どうしたの？　もう出そう？」

「いや、あの……すごく気持ちいいんですけど……油断すると出ちゃいそうなんですけど……」

遼一は勇気を振り絞って訴えた。

「僕のコーチになってください」

「はっ？」

「社長も副社長も、自分であれこれやるばっかりで、僕になんにもさせてくれなかったんですよ。僕だって、女の人にあれこれして、気持ちよくなってもらいたいのに」

「愛撫の仕方を教えればいいわけ？」

「はい」

千登世は未練がましく唾液で濡れたペニスを眺めつつも、

「まっ、いっか。わたしもそういうこと、一回してみたかったし。童貞くんをプロデュース」

「いや、あの……もう童貞ではないですけど……」

「童貞もどきをプロデュース」

千登世は真顔で言い直し、遼一の隣に身を横たえた。

5

「それじゃあ、まず愛撫をしながら下着をとって裸にする……そこまでやってみましょうか」

ダンスで教えることに慣れているのか、千登世はきびきびと指示を出してきた。

「コツとかあるんですか？」

「まずは好きなようにどうぞ」

「わかりました」

自信はなかったが、千登世を抱きしめキスをした。髪を撫でたり、肩や二の腕をさすったりしてから、ブラジャー越しに乳房を軽く揉んでみる。

「あっ……んっ……」

千登世は小さく声をもらし、恥ずかしげに顔をそむけた。ドキドキしてくる。千登世の乳房を覆っているのはハーフカップのブラジャーなので、上半分の乳肉がはみ出している。谷間もくっきり見えている。

扇情的な丸みに釣られ、はみ出した乳肉をつんつんと指で押してみた。千登世が身をよじる。いちいち反応が返ってくるのが嬉しい。

(感じやすいのかな……)

すぐにブラ越しの愛撫では満足できなくなり、背中のホックをはずしにかかった。童貞もどきとはいえ、簡単にはずすことができた。もちろん、仕事の合間に商品で練習したからである。

千登世が両手で胸を隠したので、遼一はすかさず馬乗りになった。千登世の両手を剝がして、双乳をさらけださせた。

「やだ、恥ずかしい……」

（まっ、丸い……）

全身ムチムチのゴム鞠ボディなだけに、乳房の丸さも際立っていた。両手を伸ばし、やわやわと揉みしだいた。弾力があるので、つい力がこもってしまう。乳首はあずき色だった。大人っぽい色合いが、感度のよさを伝えてくるようだ。鼻息も荒く、顔を近づけていく。乳肉を揉みしだきながら、チロチロと舐めてみる。

「あっ……あああっ……」

千登世が声をもらす。調子に乗った遼一は、左右の乳首を交互に口に含んだ。どちらも淫らに尖ってくると、チュパチュパと音をたてて吸いしゃぶった。

「ああっ、いいっ……すごい感じるっ……やだ、もうっ……乳首だけでイッちゃいそうっ……」

千登世はせつなげに眉根を寄せて、激しく身をよじった。

「そっ、そんなにうまいですか？」

遼一がそっと訊ねると、

「ううん、全然下手」

千登世は一瞬真顔に戻って言った。

「でも、乳首だけでイッちゃいそうなんでしょう？」

「そうなんだけど……どうしてこんなに気持ちいいんだろう？」

性欲がピークなのに離婚間近で、欲求不満をたっぷり溜めこんでいるからでしょうね、と遼一は思ったが言えなかった。

しかし、反応がいいに越したことはない。こちらの愛撫を下手と言いつつも、千登世は左右の乳首をツンツンに尖りきらせて、欲情も露《あら》わに身悶えている。

「もっと緩急をつけてみて……」

千登世に言われ、遼一は強く吸ったり、弱く吸ったりしてみた。舐める舌の動きも、速くしたり遅くしたり工夫してみる。甘噛みまでしてやると、

「ああっ、いいっ！　いいわよっ……いい感じよっ……」

千登世は遼一の頭を抱きしめ、弾力のある乳肉に顔をむぎゅっと押しつけた。

（どう見ても盛りあがってるよな……）

下手と言われたことを根にもっていた遼一だったが、千登世の激しい反応に男としての自信を少しずつ深めていった。乳首だけでこれだけ感じるのであれば、いちばん

の性感帯を刺激したらどうなってしまうのか、好奇心が疼きだす。

「あっ、あのう……」

悶えている千登世に声をかけた。

「クッ、クンニに挑戦してもいいでしょうか？」

「いいけど……」

千登世はふたつのコツを伝授してくれた。ひとつは女性器は男の想像をはるかに超えるほど敏感なので、扱いは丁寧にすること。そしてもうひとつは……。

「わかりました」

遼一はうなずき、馬乗りになったまま後ずさっていった。まずはパンティの両脇に手をかける。おフランスはパリで購入したという、上品かつゴージャスなデザインが眼を惹く。だが、ゆっくりとずりさげていくと……。

（おおおおおーっ！）

遼一は胸底で叫び声をあげてしまった。黒い陰毛が見えたからだった。けっこう濃いめな感じで、逆三角形にびっしりと茂っていた。

（パイパンもパイパンでエロかったけど……）

毛がある股間は、やはり淫靡である。澄ました顔をしている年上の女でも、ここだけは野性の獣《けもの》という感じがする。

パンティを脚から抜くと、両脚をひろげようとした。一瞬、千登世が力をこめて抵抗した。

「どうかしましたか？」

「えっ？　うん……久しぶりだと……けっこう恥ずかしいね……」

そう言って、両手で顔を隠した。夕希子のブリッ子とは違い、ナチュラルな感じなのが可愛らしい。

遼一はあらためて両脚を開いていった。M字開脚に割りひろげ、その中心をのぞきこんだ。

（こっ、これはっ……）

細かい陰毛が花びらのまわりを囲むように茂っていた。しかも、中心に近い毛ほどじっとりと湿ってる。

淫靡さもここに極まれり。グロテスクと言ってもいいような迫力にたじろぎそうになるが、眼が離せない。グロテスクであるがゆえに、女の秘所中の秘所という感じがする。見られたら恥ずかしいだろうなと思うと、興奮に両手が震えだした。

（これが……女の……オッ、オマンコ……）

もちろん、震えている場合ではなかった。むっと漂ってくる女の匂いに吸い寄せられるように、湿った陰毛に囲われた女の部分に顔を近づけていく。アーモンドピンクの花びらは大ぶりで縮れが強く、巻き貝みたいな形になっている。割れ目の縦筋がはっきりわからないくらいだったが、まずは表面から舌を這わせていく。

（おっと、舌の裏側で舐めるんだったな……）

クンニを求めた際、千登世はふたつのコツを伝授してくれた。ひとつは丁寧に扱うことを、そしてもうひとつは……。

『男の人の舌の表面ってざらざらしてるの。ヤスリみたいなものね。だから、敏感なところを舐めるときはね、舌の裏側を使うといいわよ』

遼一は言われた通り、舌の裏側だけを使ってアーモンドピンクの花びらを舐めた。舐めている、という感じはしなかった。なにかを食べるとき、舌の裏側で味を確認することなんてない。

しかし、舐められている千登世は、

「そうっ！　その調子っ！　いいわよ……すごくいい……」

ひときわセクシーに腰をくねらせながら、上ずった声で言ってきた。乳首を舐めていたときより、あきらかにギアが一段あがった感じだった。ハアハアと息をはずませているし、チラと顔を見るとせつなげに眉根を寄せていた。

（よーし、この調子だ……）

遼一は自分を奮い立たせた。舌の裏側で舐めるという行為は、思った以上に大変だった。舌の付け根が痺れてきた。それでも頑張って舐めつづけていると、巻き貝のように身を寄せあっていた左右の花びらが次第にほつれ、つやつやと濡れ光る薄桃色の粘膜が姿を現した。

見るからに敏感そうだった。千登世の体の内側までのぞきこんでしまった興奮に、遼一の鼻息は彼女の濃い陰毛を揺らすほど荒々しくなったが、いままでよりさらに丁寧に舐めまわした。

「あううううっ……」

千登世がブリッジするように腰を反らせる。ムチムチの太腿をひきつらせ、宙に浮いた足指を内側にぎゅっと丸める。

女を感じさせている実感が、遼一の体を熱くした。夢中になって舌を動かした。しかし、薄桃色の粘膜は本命ではない。女の体でいちばん敏感なのは……。

（これか？　これがクリトリスか？）

湿った陰毛を指でよけながら、肉の合わせ目の上端を探ると、それらしきものを発

見した。まだ包皮を被っていた。そっと剝いてみると、

「あああっ……」

千登世は絞りだすような声をもらし、

「いっ、いきなり剝いたりしたらダメよ……まずは被せたままで舐めてみて……それで充分に感じるから……」

「はっ、はい！」

遼一は包皮を元に戻してから、舌の裏側で舐めはじめた。舌の付け根はもちろん、顎まで痛くなってきていたが、かまっていられなかった。

「あああっ……いいっ！　気持ちいいっ！　やさしく舐めてね……ソフトに愛撫すればするほど、女は感じるからね……くぅううううーっ！　きっ、気持ちよすぎる……クリちゃん、感じすぎちゃう……」

千登世はもはや、完全によがりだしていた。羞《は》じらう余裕もなくして声をあげ、全身を淫らなほどに震わせはじめた。

6

「ああっ、ダメッ……もう我慢できないっ……」

クンニを初めて五分ほど経ったころだろうか、千登世が切羽つまった声をあげて上体を起こした。

五分とはいえ、舌の裏側しか使えない愛撫を続けるのはかなりきつく、遼一は息も絶えだえになっていた。

だが、頑張った成果は確実にあったようだ。

遼一の上に馬乗りになってきた千登世は、全身から牝《めす》の匂いを発していた。顔はおろか、四肢の素肌がうっすらと桜色に染まり、それが汗に濡れ光って、体中がピンク色に発光しているように見えた。

なによりも、眼つきが尋常じゃなかった。ひどく険しかった。会社ではいつも涼しい顔をしている千登世なのに、このときばかりは裸眼をギラギラと輝かせて、睨むようにこちらを見下ろしてきた。

「わたしが上でいい？　いいよね？」

疑問形で訊ねながらも、遼一の答えなど待っていなかった。そそり勃《た》ったペニスに手を添えると、先端を濡れた花園に導いた。千登世は上体を起こし、ムチムチの太腿で遼一の腰を挟んでいた。

（セッ、セクシーですっ……セクシーですよ、専務っ！）

遼一は固唾を呑んで千登世を見上げた。下から見ると、丸い乳房がますます丸く見えた。先端で尖った乳首が、身震いを誘うほどいやらしかった。

「いくわよ……」

千登世はこちらを見下ろして言うと、腰を落としてきた。亀頭の先端が、ヌメヌメした柔らかい肉に触れていた。それに包みこまれるようにして、ぐっと凹地《おうち》に入っていく。熱い蜜がからみついてくる。

「んんんっ……んんんんーっ！」

千登世は顔をそむけて眉根を寄せながら、腰を最後まで落としてきた。紅潮した顔をこわばらせて、何度か深呼吸した。しばらく動かなかった。結合の実感を噛みしめているのが、表情からありありと伝わってきた。

（あっ、嵐の前の静けさか……）

遼一の直感はあたっていた。やがて、千登世はゆっくりと動きだした。オールを引いてボートを漕ぎだすような感じだった。最初はひどく重そうに、股間を前後に動かしてきた。

だが、その動きはすぐにリズムに乗りはじめた。喩《たと》えて言うなら最初は軽快なフォービート、続いて激しいエイトビート、やがてねちっこい十六ビートと変幻自在な腰使いを見せつけてくる。

（さっ、さすがセンター様だ……）

遼一は刮目《かつもく》せずにはいられなかった。千登世の腰使いはダンスさながらだったが、やっていることはセックスだった。全裸で両脚を開き、黒い陰毛も露わにして男の上にまたがっている。勃起したペニスを体の内側に咥えこんでいる。動けば動くほど、表情が艶《なま》めかしくなっていく。ずちゅっ、ぐちゅっ、と汁気の多い肉ずれ音がたち、淫らに歪んだ声がもれる。

「あああっ……はぁあああっ……はぁあああああっ……」

大学のダンスリーダーは、十六ビートがお気に入りのようだった。やたらと粘っこい腰の動きで、性器と性器をこすりあわせてきた。当然のように、ねちゃっ、くちゃっ、と肉ずれ音も粘っこくなっていく。千登世はそれを羞じらいながらも、肉の悦びに溺れていくことをどうすることもできない。

（もっ、揉みたいっ……おっぱい揉みくちゃにしてやりたいっ……）

頭上で揺れはずんでいる双乳の誘惑はかなりのもので、遼一は悩殺されきっていた。丸くてよくバウンドし、おまけに汗にコーティングされて光っている。

しかし、童貞もどきの欲望を嘲笑《あざわら》うように、千登世は上体を後ろに反らせていく。濡れた乳房が遠のいていく。

「ああああっ……はぁああああっ……」

千登世は両脚を片方ずつ立てた。男の腰の上で、Ｍ字開脚を披露した。上体をのけぞらせたまま……。

（やっ、やばいだろ……これはやばいだろ……）

遼一はまばたきも呼吸もできなくなった。結合部が丸見えだった。剛毛の千登世とはいえ、アーモンドピンクの花びらがペニスを包みこみ、さらに巻きこんでいく様子が、細部までつぶさに見えている。

（はっ、破廉恥《はれんち》すぎるっ……破廉恥だろ、この体勢はっ……）

あきらかに、結合部を見せつけてきた。千登世は笑っていなかった。むしろ、眼つきはますます険しくなっていくばかり。

発情すればするほど、表情が険しくなるタイプなのかもしれない。つまり、本気で夢中になっているのだ。セックスという、肉体のパフォーマンスに……。

その証拠に、体勢が変わったと同時に、腰の使い方も変えてきた。粘っこい十六ビートではなく、もっと単調なリズムで股間をもちあげては、おろしてくる……あたかも割れ目でペニスをしゃぶりあげるように、ずぼっ、ずぼっ、と……。

しかも……。

「ああっ、ダメッ……我慢できないっ……」

千登世は右手で自分の股間をいじりはじめた。右手の中指がとらえたのは、クリトリスだった。恥ずかしげに紅潮した頰をひきつらせながらも、中指の動きは、オナニーしてますがなにか？　とばかりに容赦なくクリトリスを刺激する。

「ああーん、いやーんっ……きっ、気持ちいいっ……オマンコ、気持ちよすぎるううううーっ！」

先ほどまでは双乳への愛撫に意欲を覚えていた遼一だったが、もはや木偶《でく》の坊《ぼう》のように横になっているしかなかった。視覚で与えられる熱狂的なエロスに加え、性器と性器の密着感も、ここへきてぐっと増してきた。たぶん、千登世が自分でクリトリスをいじっているからだった。女の肉穴は、感じれば感じるほど締まりがよくなっていくものらしい。

もちろん、そんなことを呑気に分析している場合ではなかった。肉穴が締まれば、ペニスに与えられる快感も増幅する。いても立ってもいられなくなってくる。目の前は、大股開きでペニスをしゃぶっている熟れごろの美女。童貞もどきには、射精をするなというほうが無理な相談だ。

「もうイッちゃいそう？」

千登世が先まわりして訊ねてきた。

「わっ、わかるんですか？」

「オチンチン、すごく硬くなってきたもん」

「……出そうです」

遼一は恥ずかしさを嚙み殺して申告したが、

「ダーメ」

千登世の答えは非情なものだった。

「イクときは一緒でしょ。わたしピル飲んでるから、中で出してもいいよ。でも、イクときは一緒。勝手にイッたりしたら……」

千登世はこちらを睨みながら、のけぞっていた上体を元に戻し、前屈みになってきた。スパイダー騎乗位だ。

当然のように、遼一の顔に汗まみれの乳房も近づいてきたが、とても手を伸ばせる雰囲気ではなかった。両脚を立てたまま前屈みになった千登世は、エロスの化身のようにいやらしかったけれど、表情は震えるほどに怖かった。

「こっち見て」

「……はい」

「眼、そらしちゃだめよ。まばたきもできるだけ我慢して」

「……はい」

「見つめあいながら一緒にイクの」

「……頑張ります」

「わたしを失望させないでよ……ちゃんと満足させてよ……」

どういうわけか、千登世は急に怒りだしたように見えた。怒りながら欲情していた。そんな人がいるのかと思ったが、鬼の形相でこちらを見下ろしながら、激しく腰を使ってきた。それはもはや十六ビートを超え、三十二ビートとでも言いたくなるような複雑かつスピーディな動きだった。キレッキレに腰を振っては、股間をぐりぐり押しつけてくる。

「おおおっ……ぬおおおおおっ……」

遼一は声がもれだすのをこらえることができなかった。交尾が終われば牡《おす》を食い殺すというジョロウグモ――両脚を立てたスパイダー騎乗位のせいか、千登世がそれの化身に見えた。

「いいわっ……いいわよっ……わたしもイキそうだから、もうちょっと頑張ってっ……一緒にイキましょうっ……一緒にっ……」

千登世の腰の動きは眼にもとまらぬ速さになり、表情は鬼気迫っていく。遼一はもう、あんぐりと口を開いたまま、まばたきを我慢して見つめ返すしかない。怒りの形相でオルガスムスに駆けあがっていこうとしているジョロウグモを……。

「ダッ、ダメですっ……もう出ますっ……」

「我慢しなさいっ！」

「できないですうっ……」

「もうちょっとだからっ……あとちょっとだからっ……あああああーっ！」

千登世の顔が、にわかにぐにゃりと歪んだ。

「イッ、イクッ……もうイクッ……イッちゃう、イッちゃうっ……はっ、はぁおおおおおおおおーっ！」

獣じみた悲鳴をあげて、千登世は腰を跳ねあげた。ビクンッ、ビクンッ、と股間をしゃくり、開いた太腿を激しいほどに震わせた。

「でっ、出ますっ……こっちも出ますうううううーっ！」

オルガスムスの衝撃で肉穴がぎゅっと締まり、さらには女体の痙攣が生々しく伝わってきて、それが射精のトリガーとなった。

「でっ、出るっ……もう出るっ……おおおっ……うおおおおおーっ！」

腰を反らし、ドクンッとペニスを震わせた。瞬間、ペニスの芯に衝撃的な快感が走り抜け、それはすぐに全身に波及していった。

「はっ、はぁうううううーっ！」

千登世が上体を起こしていられなくなり、こちらに倒れてきた。

「ドクドクしてる……オチンチン、ドクドクしてるううっ……ああああっ……」

「おおおおっ……おおおおっ……」

お互いがお互いにしがみつき、喜悦に歪んだ声までからめあわせた。射精が終わってもけっこうな長い時間、汗ばんだ素肌と素肌をこすりあわせるようにして、身をよじりあっていた。

第四章　ふしだら痴漢ごっこ

1

週明けの月曜日――。

ＩＵＣに出勤する遼一のリュックの中には、辞表がしたためられていた。

もうダメだと思った。

夕希子は激怒している。里美から連絡はないが、臍《へそ》を曲げていることは間違いないだろう。そして頼みの千登世は……。

「ええっ？　どういうことですか？」

昨日の情事のあと、千登世はやけにさっぱりした顔で言ったのだ。遼一と夕希子の間に入るつもりはない、と……。

「わたしってさ、トラブルの解決とか、性格的に向いてないのよねー。ユッキーみたいに口が達者な女と口論して、勝てる気もしないし」

「やっ、約束が違うじゃないですか……」

「いいじゃないの、馘なら馘で。わたしね、離婚が成立したら、けっこうまとまったお金が入ってくる予定なのよね。あなたひとりくらい養ってあげられるから、馘になったらアパートも出て、ここにしばらく住んでればいいんじゃない」

「ここで……なにするんですか？」

「なにって……」

千登世は妙に艶《つや》っぽい顔で笑った。

「そんなこと言わせないでよ。毎日エッチなことして、楽しくやっていきましょうよ。一年や二年じゃ屋台骨は揺るがないから、昼間はぶらぶらしてていい。そのうち、わたしが就職先探してきてあげる……」

ヒモになれ、と宣告された気分だった。冗談ではなかった。若い身空でそんな堕落した生活をし、キャリアに空白期間をつくったりしたら、社会復帰ができなくなりそうだ。

（そうか……そうだったのか……）

遼一はようやく気づいた。彼女に調整役を期待した自分が愚かだったのだ。アイドルグループでもそうだが、センターに求められる最大の資質は、容姿や歌唱力やダンススキルではなく、表現力ですらないらしい。

エゴイストであることなのだ。

まわりのメンバーのことなどいっさい考えず、自分だけを信じて楽曲と向き合い、ステージで誰よりも輝いて観客の視線を一身に集め、揺るぎない精神でパフォーマンスをやり通す——調整役にはもっとも向かないタイプなのである。

（マジかあ……）

今度こそ完全に終わったようだった。

詰んでしまったな、と乾いた笑みがもれた。

千登世だけが悪いわけではない。

夕希子や里美だって悪くない。

女三人でやっている会社に採用され、三人全員とセックスしてしまった自分が悪いに決まっている。

いくら夕希子がタフ・ネゴシエーターであろうが、いくら里美が執念深かろうが、断る気になれば断れたに違いない。すべては遼一が優柔不断だったからこんなことになってしまったのであり、身から出た錆《さび》と言うほかなかった。

深呼吸してから、玄関のドアを開けた。出社した瞬間、辞意を表明するつもりだった。こうなった以上、ずるずるといたずらに時間を使うのはもったいない。

昨日の件で怒り心頭に発している夕希子は、辞表を出せば黙って受けとってくれるだろう。それで、この会社ともおさらばだ。

「……よし、行くか」

今日はもう、仕事などするつもりはないから、辞表を出したらすぐに帰る。幸いなことに天気もいいから、近くにある多摩川の河川敷に行って缶ビールを飲もう。酔えば泣いてしまいそうだが、涙はここに置いていく。明日からはまた、就職先を探してフル回転で動きまわらなければならない。

しかし……。

「おはようございまーす」

覚悟を決めてオフィスに入っていくと、空気がひどく張りつめていた。夕希子、里美、千登世――全員揃っているが、みな険しい顔をしている。なにかトラブルが起こったのだろうか。自分に関することではない、と遼一は直感的に思った。三人とも働く女の顔をしていた。

「やっと来た……」

夕希子は遼一の顔を見てボソッと言った。べつに怒っている雰囲気ではなかった。始業時間の十五分も前だから、遅刻ではないし……。

「じゃあ、ちょっと緊急ミーティングをします」

夕希子が立ちあがって話を始める。

「どうもこの週末に、うちのことがどっかのSNSに書かれたみたい。インフルエンサーに取りあげられたか、たまたまバズッただけなのかわからないけど、注文がいつもの五倍来てます。けっこうな量だけど、全部夕方まで発送するつもりで手配して。里美も今日は発送を手伝ってちょうだい」

里美が黙って親指を立ててる。遼一が出社する前に状況は伝えられていたのだろう。ジャージ姿で準備万端だ。

「今日中に全部やらなきゃいけないのは、今日もまたいつもの五倍の注文が入ったら、明日対応できなくなるからです。たぶん、明日のぶんはいつも通りに落ちついてくれるだろうけど……」

「わたしも手伝おうか」

千登世が言ったが、夕希子は首を横に振った。

「発送班には、わたしが入る。それより、チィちゃんには、バズッた原因を究明してほしい。たぶん、タレントのブログかなんかだろうけど、それがわかれば、この先の注文状況も、少しは予想がつくでしょう」

「了解」

千登世が親指を立て、夕希子は分厚い注文伝票を三つに分けた。自分の分、里美の分、そしてもうひとつは、もちろん遼一の分だ。

「入社以来、初めての修羅場ね」

夕希子は遼一に伝票を渡すと、

「しっかり頑張って」

パシッと背中を叩いてきた。痺れる場面にバッターを送りだす、高校野球の監督みたいだった。雑念はいっさい感じられなかった。昨日、ドライブデートをドタキャンしたとか、そういった雑念は……。

いまはとにかく、社員全員力を合わせて、夕方までに発送業務を終わらせることが先決らしい。

伝票の数は五倍に増えたが、それをさばく人数も三倍に増えた。実質的な作業量はいつもの二倍にも満たないはずだが、夕方までに作業を完了させなければならないというプレッシャーは意外なほど大きかった。

三人とも無言で部屋から部屋へ移動して、箱詰め作業に没頭した。夕希子はともかく、里美が真面目な顔で作業に勤《いそ》しんでいる姿は新鮮だった。金髪ロングの髪もポニーテイルに束ね、黙々と手を動かしている。意外なほど、そういう姿が板についていた。努力と根性の人、という千登世の評価は、本当なのかもしれない。

千登世が弁当をつくってきてくれたので、遼一だけは昼食をとったが、夕希子と里美は「今日は抜きでいいや」と言った。となると、遼一ものんびり食べているわけにはいかず、つくってくれた千登世には申し訳ないけれど、味わうこともせずにかきこんで、食休みもパスして作業に戻るしかなかった。

夕方近くになると、全員の顔に疲労の色が滲んできた。いちばん若く、体力があまっているはずの遼一でも、さすがにバテた。時間に余裕があれば鼻歌まじりででさる楽しい作業なのだが、タイムリミットが決められていると、焦ってしまってカラまわりしはじめたり、いつもなら考えられないミスをしたりする。

「ねえ、ちょっと……」

廊下ですれ違いざま、里美に声をかけられた。顔色が青ざめていた。

「大丈夫ですか？」

「いいからちょっと……」

袖《そで》を引かれ、五番の部屋に連れこまれた。里美が後ろ手で襖《ふすま》を閉める。

その部屋だけ、妙に空気が静謐《せいひつ》だった。注文がいつもの五倍とはいえ、ルーム・オブ・エロスに保管してある商品のオーダーは、通常から絶対数が少ないせいだろう。

「わたし、もう倒れそう」

里美が小声で言った。

「顔色悪いですよ。少し休んだほうが……」

「わたしが抜けたら、目標達成ならずでしょうね」

「そうかもしれませんが……」

「元気をちょうだい」

「エナジードリンクでも買ってきますか？」

「じゃなくて、これが終わったらデートして」

「はっ？」

「そういうご褒美的なものがないと、わたしもう、本当に動けない。いましゃがみこんだら、そのまま立てない自信がある」

「そう言われても……」

遼一は戸惑うことしかできなかった。

「ね、お願い」

里美は拝むように両手を合わせた。

「これはわたしだけじゃなくて、キミへのご褒美でもあるんだよ。今度はもう、この前みたいなことしないから……キミの好きにしていいから……わたしのこと、奴隷みたいに扱ってもいいんだよ、ね？」

「そっ、そんなこと言われても困ります！」

遼一は里美を押しのけ、五番の部屋を出た。里美が追いすがってきたが、力ずくで振り払った。

（誘われるのは嬉しいけど……本当なら尻尾《しっぽ》を振ってついていきたいけど……）

心が千々に乱れていく。里美のように美しい三十五歳にベッドに誘われ、喜ばない男はいないだろう。

遼一も例にもれない。

しかし、状況がそれを許してくれないのだ。社内の女全員と寝てしまっているこの状況で、能天気にホイホイ誘いを受けるわけにはいかない。もはや辞意を固めている以上、飛びたつ前に、これ以上あとを濁したくない。

2

夕方五時四十分——。

配送業者を少し待たせてしまったが、すべての荷物をトラックに積みこんだ。目標達成である。

最後の二時間は千登世も発送作業に参戦して、総力戦となった。全員、息も絶えだえだった。とくに里美は完全にグロッキー状態で、配送業者が去っていくや、ソファにうつ伏せで倒れこんでピクリとも動かなくなった。

「お疲れさま、大変だったね」

千登世が夕希子をねぎらい、

「久しぶりに疲れたな。でも、充実感もある」

夕希子は汗まみれの顔で笑った。

「三人でＩＵＣ始めたときなんて、毎日こんな感じだったじゃない？　要領をつかんでなかったし、リボンかけようとか、手紙添えようとか、余計な仕事ばっかり増やして、てんてこ舞い」

「代々木上原のマンション時代ね、懐かしいな」

「毎日大変だったけど、第二の青春が始まった！　って感じだった」

「本当の青春時代も、ダンスで汗まみれだったしね」

ふたりは眼を見合わせて笑っている。

(仲、いいんだな……)

遼一は軽い疎外感を覚え、所在がなくなった。仲良きことは美しき哉《かな》――男同士であれ、女同士であれ、友情はいつだって美しい。

だが、いまの遼一は、その友情に軋轢《あつれき》を生むかもしれない危険な存在だった。夕希子や里美と寝たことを知っていて誘ってきた千登世はともかく、夕希子は遼一が里美や千登世と寝たことを知らない。

知ったらどうなるか、考えるまでもなかった。夕希子はドタキャンする人間がこの世でいちばん嫌いらしいが、自分の友人と寝る男はどうだろうか？　どう考えても、ドタキャンよりも低いランキングとは思えなかった。そんな男は人間として認めない、というレベルだろう。

「そうだ、冷蔵庫にビールなかった？」

「あるある。差し入れで貰ったやつでしょ。まだ全然手をつけてない」

「飲んじゃおうか？」

「飲もう飲もう」

「ねえ、遼一くんも飲むでしょ？」

千登世が気を遣って声をかけてくれたが、

「いえ、すいません。さすがに疲れちゃったんで、お先に失礼します……」

そそくさと帰り支度をして、会社を出た。

(俺さえいなければ、全部うまくいくんだ……丸く収まるんだ……)

淋しいが、そうとしか思えなかった。


会社から二子玉川の駅までは、徒歩で十分ほどかかる。

ちょうど夕暮れの時刻だった。住宅街なので、建ち並んだ家々から、夕餉《ゆうげ》のいい匂いが漂ってきた。

そんな中、重い足を引きずってひとりトボトボ歩いていると、すっかり負け犬の気分になってしまった。

できることなら、みんなと一緒にビールで乾杯したかった。ビールのいちばんのつまみは、柿ピーでもエイひれでもなく、達成感なのだ。遼一の場合、いままでいちばんおいしく飲んだビールは、大学の学園祭のとき、美術サークルの巨大オブジェ制作を手伝って徹夜を続け、ついに完成したときに飲んだビールだった。

身も心もくたくたに疲れ果て、横になったら秒で眠りにつける自信があったが、あのときにみんなで飲んだキンキンに冷えたビールの味は、誇張なしで涙が出るほどおいしかった。たぶん生涯忘れられない。

今日だって、たった一日だけど頑張った。ＩＵＣで働くようになって半月あまり、その中でいちばん必死に働いたし、みんなで力を合わせて目標を達成できたので、その後に飲むビールは最高においしかったはずだ。

しかし……自分にはその資格がない。

飲んでもたぶん、心からみんなと喜びを分かちあえない。とくに夕希子なんて、眼を合わせることすら怖い。彼女にとって、自分は最低の裏切り者だ。

「あーあ」

駅への途中に多摩川の河川敷があった。芝生の斜面に腰をおろした。コンビニでビールを買おうかと思ったが、やめておいた。予算の都合である。

ＩＵＣを辞めればまた無職の身だった。辞め方によっては、ＩＵＣからお金がもらえるかどうかもわからない。つまり、滞納した家賃を払えるかどうかも不透明。大家の出方次第では、アパートから追いだされるかもしれない。そうなったら、残された道は、田舎に帰るか、若年ホームレス。

（いやだ……田舎に帰るのだけは絶対にいやだ……）

遼一の実家は、山と清流と畑しかない大自然の中にある。最近はネイチャー・ラブでＩターンしてくる人もいるというが、遼一にとっては不便で退屈なだけの場所だった。あんなところに帰るくらいなら、若年ホームレスになってでも都会にしがみついていたほうがマシだと思う。

「わっ！」

突然背中から声をかけられ、

「ひぃぃぃーっ！」

遼一は悲鳴をあげて振り返った――つもりだったが、そこは斜面だった。バランスを崩して、ゴロゴロと五メートルほど下まで転がっていった。

「ちょっとー、大丈夫ー？」

里美が斜面の上に立っていた。金髪のロングヘアと黄緑色のシャツコートが、川風になびいている。

「大丈夫じゃ……ないです」

遼一は体中についた泥を払いながら、よろよろと斜面をのぼっていった。無意識に、恨みがましい上目遣いになっていた。この人は鬼なのか？　と思った。だいたい、さっきまでソファに倒れていたではないか。遼一としては、彼女が起きあがる前に会社から逃げだそうという意図もあったのに……。

「わたしも帰ろうと思ってたんだけど、キミの姿が見えたからさ。コンビニでビール買ってきちゃった。一緒に飲まない？」

缶ビールを一本差しだされた。

絶対にあとをつけてきただろ、と遼一は思ったが、

「……いただきます」

缶ビールを受けとった。並んで斜面に腰をおろし、乾杯して飲んだ。懐柔されるのは嫌だったけれど、喉がカラカラだったので飲みたくてしようがなかった。

「おいしいっ！」

里美が眼を輝かせた。

「やっぱり、ひと仕事終えたあとのビールは最高ね！」

「……ですね」

遼一の頬は緩んだ。笑ってしまいそうなほど、ビールがおいしかったからだ。

「なんでこんなところで、ひとりで黄昏《たそが》れてたの？」

「いや、べつに……」

「わかる！　わかるよ、キミの気持ちは！」

里美がバンバンと肩を叩いてきた。

「遼一くんってやさしいんだよね。わたしと寝ちゃって、ユッキーに悪いと思ってるんでしょ？　ユッキーはわたしたちのこと知らないわけだし……」

「はあ……」

遼一は曖昧《あいまい》にうなずくことしかできなかった。それはその通りだが、逆に里美は、千登世とのことを知らない。もはやなにもかもドロドロで、ぐちゃぐちゃだ。

「実はね、わたしも高校生のとき、キミと同じようなこと経験したことあるわけ」

「……どういう経験ですか？」

「演劇部だったんだけど、まわりの男子がみんなわたしのこと好きになっちゃうのよ。でも当時のわたしは恋愛なんかに興味ないから、コクられるたびに『嫌いじゃないよ』って言いつづけてたのね。そしたらみんな自分が好かれてると勘違いして、男子同士の大喧嘩が勃発。演劇部、潰れちゃった……」

そういうのサークル・クラッシャーって言うんですよ、と遼一は思ったが、もちろん口には出さなかった。

「でもね、いまはもう高校生じゃないし、酸いも甘いも嚙み分けた……」

「人妻ですもんね」

睨まれた。

「そういうの、自分で言うのはいいけど、人に言われるとムカつく」

「事実じゃないですか」

「悪意が見え隠れしてるのよ。人妻カッコ・セックスレス・カッコ閉じ、みたいに聞こえるの」

「被害妄想ですよ。で、酸いも甘いも嚙み分けたから、なんだっていうんです？」

「もう大人だから、さばけてるって言いたいわけ。キミがユッキーにセックス込みで雇われたなら、それはそれ。でも、わたしにもやさしくしてね、って言いたいわけ」

「最低ですね」

「どうしてよう？」

「いくらセックスレスだって、既婚者なのに浮気する……これだけでも最低なのに、浮気相手は親友のお手つき、最低の二乗だ」

「そういうこと、言わないで……」

里美はにわかに甘い声を出すと、身を寄せてきた。遼一は座る位置をずらしたが、里美は追いかけてきた、キリがないので諦めた。

「キミのこととっても気に入ったから、そうなっちゃっただけなんだから……」

うりうり、と太腿を指で突いてくる。

「どこがいいんですか、僕みたいな冴えない男……」

遼一は深い溜息をついた。

「言いたかないですけど、生まれてこの方モテたことなんて一度もない……見た目はこうだし、死ぬほど貧乏だし、セックスだって下手だし……」

「そこがいいんじゃなーい」

里美が眼を輝かせて顔をのぞきこんでくる。

「さすがユッキー、見る目あるなって思ったもん。そりゃあ、わたしもね、若いころはイケメンでお金もちでセックスがうまい男が好きだったわよ。でも、この年になると全然そそられない。イケメンもお金持ちも最終的には絶対に裏切るし、セックスがうまい男っていうのは、要するに他でもやってるからうまいわけ」

「そういう男になりたいですよ」

「なれる！　なれるわよ！」

双肩をつかんで揺すられた。

「イケメンとお金持ちは無理でも、セックスがうまい男にはなれる！　わたしとユッキーで鍛えてあげるから！」

「……そういうの、平気なんですか？」

遼一は横眼で里美を睨んだ。

「社長って、副社長にとって大学時代からの親友でしょ？　そういう人と、男を共有するみたいな……」

「昔だったら考えられないけどね……」

里美は悪戯《いたずら》っぽく鼻に皺《しわ》を寄せて笑った。

「いまはもう、あんまり気にならないかな。マッチングサイトで知りあった、身元不明の訳わからない男と寝るよりはずっとマシ。毎日一緒に働いているわけだし……」

「そういうもんですかね……」

「あとね、ここだけの話だけど……」

里美が耳元に唇を寄せてくる。

「ユッキーを出し抜いているっていうのが、ちょっと刺激的かも」

視線と視線がぶつかった。

「大学時代、わたしが好きになる男は、だいたいユッキーのことが好きだったのよ。悔しかったなあ。ユッキーのせいじゃなんだけど」

「とにかく！」

遼一は声をあげて立ちあがった。

「副社長が平気でも、僕は平気じゃないんです。社長を裏切ったことがつらいし、いろんな感情が胸に入り乱れて、気がつけば泣きそうになってるし、こんな生活続けてたら、精神がゲシュタルト崩壊しちゃいますよ。会社も辞めますから、僕にはもうかまわないでください」

「ちょっとぉ、立ってないで座りなさいよぉ」

「もう帰るんです、ビールご馳走さまでした！」

遼一は言い残し、その場から駆けだした。

3

（悪い人じゃないんだ。それはそうなんだけど……）

すでにとっぷりと日が暮れた街を早足で歩きながら、遼一は複雑な心境だった。

はっきり言って、里美のことは嫌いではなかった。たった一度とはいえ、セックスしてしまったので、情が移ってしまったところもある。

しかし、彼女は人として無神経すぎるし、辟易《へきえき》するほど図々しい。百歩譲って、浮気相手に指名してくれるのはありがたい。彼女ほどの美人なら光栄と言ってもいいけれど、そこに恋愛っぽい感情がまるで見当たらないのがつらすぎる。セックスだけを目的にしていることを隠そうともしない。

少しは隠せよ、と思ってしまう。たとえば、「こうやって一緒にビール飲んでるだけでも楽しいね」とか、そういうひと言があれば、こっちだってドキドキするのに、里美ときたら、こちらの態度が少しでも軟化したら、すぐにでもラブホテルに直行しようという勢いなのだ。

（頭の中はきっと、体位とかそういうことでパンパンなんだろうな……）

胸底で深い溜息をついたときだった。背後になにやら気配を感じ、ハッと振り返ると、十五メートルほど後方で、黄緑色のシャツコートが揺れていた。

（まっ、まさか……）

どうして里美に追いつかれたのだろう。河川敷から走って逃げたし、住宅街に入ってからも早足で歩いていたのに……。

いや、そんなことはどうでもよかった。申し訳ないけれど、彼女とはもう話したくない。話せば里美のペースになるし、彼女の場合、普通ならあり得ないような反則技を使ってでも、寝技にもちこもうとする。

君子危うきに近寄らず——遼一は走りだした。執念深い蛇から逃れる方法は、物理的な距離をとる以外にない。毒牙にかかったら、それでおしまいだ。

（こっちに行ったら、駅へは遠まわりになるな……）

そう思っても、追っ手を撒《ま》くためには遠まわりするしかなかった。何度も何度も角を曲がって、ハアハアと肩で息をしていると、今度は前の角から黄緑色のシャツコートが現れた。

（じょ、冗談だろ……）

まるで幽霊さながらの神出鬼没さに戦慄を覚えながら、遼一は踵を返してダッシュした。今日一日のハードワークで、里美は疲れきっているはずだった。実際、荷物を出荷した直後はソファに倒れてぐったりしていた。こちらは若いし、男なのだから、脚力だけでも引き離せるはずなのに……。

二子玉川の駅に着いた。幸いというべきか、あたりに里美の気配はなかった。ようやく撒けたらしい。

安堵の溜息をつきながら改札を抜けた。戸越公園駅が自宅の最寄り駅である遼一が乗るのは、大井町線の上りである。上りでも、まだ通勤通学ラッシュの時間帯なので、けっこう混んでいる。

電車が到着し、乗りこんだ。里美から逃れようという気持ちがそうさせたのか、遼一は列のいちばん前に並んで待っていた。となると必然的に、あとから乗車してきた人たちに圧をかけられ、車両中央へと押しこまれていく。

(苦手なんだけどな……)

座っている乗客の前で吊革をつかむ場所しかポジションをとれなかった。しかも、前の乗客はセーラー服姿の女子高生三人組。最悪とまでは言わないが、それもまた苦手中の苦手だった。遼一にはなんとなく、女子高生に対する被害者意識があった。いつも冷たい眼で見られているという……。

（気にすんな、気にすんな……）

自分を励まし、決して女子高生のほうは見ないようにしようと心に決める。ポケットからスマホを取りだし、視線を落とす。

こういうときに限って、誰からもＬＩＮＥが入っていない。二、三人とやりとりをしていれば、戸越公園までなどあっという間なのに……。

（……えっ？）

二子玉川の駅を出てしばらくしてからのことだった。気配を感じて顔をあげた。女子高生を見ないようにして、車窓に視線を向ける。夜なので、外は真っ暗だ。窓ガラスが鏡のようになって、車内の様子を映している。

背中に冷や汗が噴きだしていった。

金髪ロングヘアの美女がいた。黄緑色のシャツコートを着て、遼一のすぐ後ろ、うなじに息がかかりそうな至近距離に立っている。

（うっ、嘘だろ……）

もう少しで叫び声をあげてしまうところだった。里美なら、駅につく前に撒いたはずだった。彼女の脚力がたとえこちらを上まわるものであったとしても、駅についたとき、あたりにその姿を確認できなかった。髪色も金色なら、派手な色の服を着ているので、いれば見逃すはずがない。

なのに、なぜ……。

理由を分析している場合ではなかった。車窓に映った里美の顔は、睾丸が体の内側にめりこみそうになるくらい恐ろしいものだった。顔面をきつくこわばらせながら、眼を吊りあげていた。眼鼻立ちが整っている美形なだけに、怒った顔をするとものすごく怖い。

（おっ、怒ってる……これは怒ってるぞ……）

わたしはフレンドリーかつ礼を尽くしてセックスに誘っているのに、その態度はどうなの？　――心の声が聞こえてくる。はっきり言って完全なる逆ギレだが、彼女は大学時代からモテモテだったらしい。異性に冷たくされた経験などないのだ。しかもこちらは、使いっ走りのしがない新入社員。かつて抱きたい女ナンバーワンだった彼女としては、プライドを傷つけられたようなもの……。

（あっ、謝ろう……謝るしかない……できるだけさりげなく……）

遼一はまだ、スマホを握りしめたままだった。里美にＬＩＮＥを送信した。

――そんなに怖い顔しないでくださいよー。逃げたのは悪いと思ってます。

彼女が肩にかけているトートバッグの中で、スマホがヴァイブした。遼一にもそれがわかった。しかし里美は、気にする素振りもなく、一心不乱にこちらを睨んでいる。眼つきだけが、刻一刻と険しくなっていく。

（どっ、どうすりゃいいんだよ……ひっ！）

尻を撫でられた。電車の揺れなどにより、偶然触れたのではなかった。あきらかに、意志をもってこちらの尻に手のひらが吸いついている。そして、それができるポジションにいるのは、里美ひとり……。

さわり、さわり、と尻を撫でてくる。車窓に映った彼女の顔は怖いままなのに、手つきは異常にいやらしく、セックスのときのフェザータッチそのものだ。

（ちっ、痴漢かよ！　女のくせに電車の中でおさわりかよ！）

ちゃんちゃらおかしいと、遼一は鼻で笑いそうになった。尻なんて、触りたければ好きなだけ触らせてやる。相手がハゲでデブのおっさんだったら激怒するが、里美ほどの美女ならべつに文句はない。

だが、そうは言っても延々と触られていると、おかしな気分になっていった。彼女とは他人ではなかった。たった一回とはいえ、セックスをしたことがあった。さわり、

さわり、と尻を撫でられていると、どうしたってそのときの情景が脳裏に蘇《よみがえ》ってきてしまう。

強烈な体験だった。夕希子や千登世もそれぞれ性欲モンスターだったが、女・三十五歳の煩悩をヴィジュアル化する才能において、里美は他のふたりより一歩も二歩も抜きんでていた。

つるんつるんのパイパンに、ウルトラTフロント・パールを食いこませた光景は、衝撃的としか言い様がないインパクトだった。一度見たら死ぬまで忘れられない。会社を辞めて二度と会うことがなくなっても、何度でも記憶を蘇らせてオナニーのお供にしてしまいそうな気がする。

(やっ、やばいっ……)

余計なことを思いだしてしまったせいで、股間が熱くなってきた。そこに血液が集まりだしていることが、はっきりとわかった。

勃起するわけにはいかなかった。目の前に座っているのは、女子高生三人組。ズボンの前をふくらませたりしたら、どんな誤解を生むか知れない。数日間は立ち直れないような軽蔑のまなざしを、三人がかりで浴びせてくるに決まっている。

(……ぐっ!)

フェザータッチで尻を撫でていた手指が、唐突に尻の間を強く押さえた。ちょうど肛門があるあたりだった。肛門は性感帯ではないが、敏感な器官ではある。押さえられたのは一瞬だったが、にわかに体が熱く火照《ほて》りだした。勃起しかけていたペニスにも、その影響は及んだ。

（ダッ、ダメだっ……ここで勃《た》てるのは絶対にダメだっ……）

遼一は血が出るくらい唇を噛みしめて、ペニスが大きくなるのを防ごうとした。目の前に座っているのが女子高生三人組である以上、どんなことをしても防がなければならない。

そんな遼一の心情を嘲笑うように、里美は尻を撫でてくる。五本の指を自在に操り、敏感でもなんでもないはずの男の尻にメッセージを送ってくる。思いだしなさい……ルーム・オブ・エロスでふたりでしたことを克明に……。

遼一は抗った。脳味噌の機能をフリーズさせて、なにも考えないようにした。しかし、考えてはいけないと思えば思うほど、蘇ってくるのがエロいイメージというやつだった。いや、この場合はイメージどころか実体験だ。

コンプレックスだった陰毛を、つるんつるんのパイパンにされた。パイパン同士でセックスすると密着感がものすごいらしいよ、と里美は言い放った。実際、その通りだった。

そう、ふたりはセックスした。対面座位でひとつになった。ひとつになった途端、甘えん坊になった里美にはびっくりしたが、目の前では推定Gカップの巨乳が揺れていた。揉みしだくと、うっとりするほどもっちりしていた……。

（やっ、やばいっ！）

遼一はあわてて体を反転させ、女子高生三人組に背中を向けなければならなかった。もちろん、勃起してしまったからだった。真後ろにいた里美と向きあう格好になり、遼一は泣きそうな顔で彼女を見たが、里美は視線を合わせてこなかった。

ちょうど電車がホームにすべりこんだタイミングだった。おかげで、遼一の動きは目立たなかった。他にも降車の準備にかかった乗客がいたから、不自然な動きに見られなかったのである。

電車が停まったので降りようと思った。戸越公園駅はまだ先だったが、この車両に乗りつづけることを本能が拒否していた。降りることができなかったのは、里美がズボンの前のふくらみをつかんできたからだった。痛烈な刺激に、遼一は首に何本も筋を浮かべた。

（やっ、やめてっ……やめてくださいっ……）

心の叫びを届けようとしても、里美は視線を合わせてくれない。新たに乗ってきた乗客が多かったので、ふたりの距離は縮まった。ほとんど密着状態だ。

遼一が座席に向かって背中を向けていたので、元いた場所はサラリーマンにとられた。結果的に、乗客と乗客に挟まれる、もっとも落ち着かないポジションに押しこまれる格好となった。

まわりの人間に勃起を見つからないためには、甘んじて受け入れるしかなかった。女子高生三人組はもちろん、老若男女、誰にだって電車の中で勃起していることなど知られたくない。

唯一知っている金髪ロングヘアは、それをつかんでいる。世の理不尽に腹をたてているような顔をしつつ、ぎゅっ、ぎゅっ、とリズムをつけて握ってくる。刺激に応えてペニスは硬さを増していき、じわっと先走り液まで漏《も》らしてしまう。

(なっ、なにがしたいんだ……なにがしたいんだよ、いったい……)

ここが密室であればまだわかるけれど、満員電車で痴漢をしてくるなんて、完全にどうかしている。怒りの発露なのだろうか？　走って逃げたりしたから……いや、セックスを拒んだ報復として、こんなことを……。

「やだあっ、痴漢っ！」

突然、里美が声をあげ、まわりの乗客がいっせいにこちらを見た。遼一は気絶しそうになった。勃起しているいまの状況で捕まれば、言い逃れはできない。事実は真逆でも、寄ってたかって痴漢にされてしまう。

「おい、どいつだ、痴漢野郎」

「許さんぞ、不逞《ふてい》の輩は」

いかつい体つきの乗客が、手柄を求めて眼を輝かせたが、

「ごめんなさーい。冗談です、冗談」

里美はケラケラ笑いながら声を張った。

「この人、わたしの恋人ですからー。痴漢でもなんでもありませんからー。お騒がせして、どうもすみませんでしたー」

選挙カーに乗っているウグイス嬢のような笑顔をまわりに振りまいてから、遼一の腕にしがみついてきた。いきり立った連中が鼻白んだ顔になり、他の乗客は何事もなかったように自分のスマホに視線を戻す。

(メッ、メチャクチャな人だなっ……)

遼一は涙眼になって里美を睨んだ。里美は勝ち誇ったような笑みを浮かべ、しがみついた腕から二度と離れようとしなかった。

4

「いつまでついてくるつもりですか？」

戸越公園駅をあとにしながら、遼一はむくれた顔で言った。

「べつにキミを尾行してるわけじゃないよ。わたしの家もこっちなだけ」

里美はシレッとした顔で言い、一メートルほど間隔をとってついてくる。

（嘘つけ！　まったく……）

彼女が住んでいるのは、たしか三軒茶屋だ。大井町線沿線ではなく、田園都市線沿線である。夕希子や千登世とそんな話をしているのを、小耳に挟んだことがある。

「家まで来たって、絶対にあげませんからね！」

「なによー。痴漢にされちゃうところを、間一髪で助けてあげたでしょー。少しは感謝してもいいと思うよー」

誰が感謝などするものか。はっきり言って、いまだに恐怖で体の震えがとまらない。

恐ろしいのは、里美のクレイジーな性格ではない。

彼女がもしあのとき「冗談です」と言わなかったら、遼一は本当に逮捕されていたかもしれないのである。

目立ちたがり屋の乗客に取り押さえられ、身柄は駅員から警察へ。拷問部屋じみた取調室でやってもいない痴漢について延々と尋問が続き、罪を認めればすぐに帰してやるという甘言に釣られて行為を認めれば、前科一犯の一丁あがり——そうやって冤《えん》罪《ざい》ばかりを生みだしている、この国の痴漢摘発システムが恐ろしい。

いや、元をただせばやはり、里美が全部悪いのだが……。

（こんな危ない人に自宅を教えるわけにはいかないな。なにされるか、わかったもんじゃないよ……）

とてもまっすぐ帰宅する気になれなかったが、かといって他に行くところもなく、街中をぐるぐるまわっているうちに疲れてしまい、結局自宅に辿りついてしまった。

「もう帰ってください」

遼一は立ちどまって言った。

「僕の家、そこですから」

「へーえ」

里美が興味津々《しんしん》の表情でアパートを見る。いまどき珍しい木造モルタルアパートだ。築五十年は軽く経っているので、見られるのはかなり恥ずかしい。

「部屋どこ？」

「どこだっていいでしょ」

「諦めが悪いわね。ここまで連れてきてくれたんだから、教えてくれたっていいじゃない」

「連れてきたんじゃなくて、勝手についてきたんでしょ」

「あの大きな木、なに？」

「えっ？　イチョウですよ」

アパートの敷地内には、樹齢数百年と言われるイチョウの大樹が立っている。大家が代々の地主である関係で、建物よりも広い庭が併設されているのだ。といっても、手入れを放棄された雑木林のようなものだが……。

「いいわねー、シンボルツリーがあるアパートなんて」

「僕も最初そう思いましたけどね」

秋になると、地面に落ちた銀杏《ぎんなん》が臭くてしようがない。一階でいちばんイチョウの木に近い位置にあるのが遼一の部屋で、被害がもっとも甚大なのだ。

「もういい加減帰ってくださいよ」

「部屋を教えてくれたら帰る」

「一階のいちばん奥です」

根負けして教えてしまう。

「前まで行っていい？」

「前までで帰ってくださいよ、前までで」

しかたなく部屋の前まで行くと、扉におかしな貼り紙があった。

『ヤチン、マダヨ！　オオヤ』

遼一は顔から火が出そうになり、すかさず貼り紙を毟《むし》りとった。スーパーの広告の裏に、赤いマジックで書いてあった。御年八十歳になる大家のお婆さんが書いたようだが、カタカナだけのうえに、字も定規で引いたようにカクカクしているから、脅迫文みたいでかなり怖い。

「家賃、滞納してるんだ？」

ふふんっ、と里美が鼻で笑う。

「ついこの前まで、就職浪人だった身ですからね……」

遼一はがっくりとうなだれた。貼り紙なんてされたら、アパートの住人全員に、家賃を滞納しているのがバレてしまうではないか。

「いくらなの、家賃」

「……三万八千円」

「安いわねー、いまどき」

「それも払えないような、情けない人間なんですよ、僕は！」

顔をあげると、里美が目の前に札をかざしていた。一万円札が四枚……。

「これで家賃払いなさい」

四枚の札を手の中に押しこまれる。

「いや、でも……」

「いいから黙って受けとって。いまのわたしにとって、四万円はそれほど大きな額じゃない。キミは真面目っ子だから返してくれるでしょうけど、返ってこなくても笑って許せる。それに、こういうのってべつに現金で返さなくてもいいのよ。キミはよく知ってるわよね？　わたしが欲しいもの……お金なんかより、喉から手が出るほど欲しいもの……」

視線と視線がぶつかった。

（こっ、この人は、マジで諦めないんだな……）

今夜はセックスするまで絶対に帰らない——不敵に笑う里美の顔には、はっきりとそう書いてあった。

「インスタントコーヒーしかないですけど、それでいいですか？」

遼一は結局、里美を自分の部屋にあげた。お金の魔力に屈したわけではない。借りたお金はかならず返すが、彼女の執念深さに負けた。

「そんなのいいからこっち来なさいよ」

里美はベッドの上であぐらをかいていた。他に座るところがないから、文句を言うことはできない。六畳ひと間に二畳ほどのキッチンスペース――それが遼一の部屋のすべてだった。トイレと風呂はいちおうついているが、風呂場には湯船がなくてシャワーのみである。

遼一がベッドに腰をおろすと、

「隣の部屋のテレビの音が聞こえるね」

里美がわざとらしくひそめた声で言った。

「壁が薄いんですよ。見ればわかるでしょ。セックスしたって、声なんて出せませんからね」

「なによー、セックスしたいのー」

からかうように、つんつんと指で脇腹を突いてくる。遼一は言葉を返せなかった。

したいのはそっちだろ！　と突っこむ気力さえもはやない。

「そんなことよりさー、あれって興奮するね、やっぱり」

里美が眼を輝かせて言う。

「なんの話ですか？」

「痴漢よ、痴漢」

意味ありげに片眉をあげた。

「東京出身の女の子なら……通学に満員電車を使ったことがあるなら、痴漢に遭《あ》ったことがない子って、ほぼいないと思うのよ。わたしは痴漢されたら黙ってないけどね。女子高生時代は痴漢の手に画鋲《がびょう》を刺すのが日課だったくらい……それはともかく、電車の中でお尻なんか触ってどこが面白いんだろうってずっと思ってた。だってさ、興奮したってその場でオナニーするわけにもいかないでしょ？　意味が全然わからなかったわけ」

「わかったら困るでしょ、痴漢の気持ちなんて」

「それがわかったのよ。なんていうかこう、ああいう状況の中で、相手を感じさせてやろうっていうのが痴漢のモチベーションなのよ。自分が気持ちよくなりたいとかそういうんじゃなくて、相手の性感をコントロールしたいの。キミが勃起したとき、勝った！　って思ったもんね」

「痴漢は犯罪ですから」

「じゃあ、ちょっと痴漢ごっこしてみない？」

「はあ？」

「やってみればわかるわよー」

里美はベッドから降りると、断りもせずにバスルームに入っていった。黄緑色のシャツコートの下に、黒い服を着ていた。黒いニットと黒いスキニーパンツだ。戻ってきたときには、シャツコートの前ボタンを閉め、素足を出していた。スキニーパンツを脱いできたのだ。

「ほら。立ってわたしの後ろにきて。さっきされたこと、お返ししてごらん」

背中を向け、吊革をつかむ仕草をした。「ガタンゴトン、ガタンゴトン」と電車の音の口真似まで始める。

遼一はあきらめ顔でベッドから降りた。もはや悟りの境地だった。痴漢ごっこがいかにくだらない反社会的な遊びであるか、目の前の女に諭したところで意味がない。

「お尻を触ればいいんですか？」

「まわりに見つからないようにね」

「……はいはい」

遼一は右の手のひらを、そっと里美の尻に近づけていった。黄緑色のシャツコートはぶかぶかなので、尻の形は見てとれない。生地は薄めだが、ちょっと硬そうなコットン製だ。触った瞬間、息がとまった。逆ハート型の巨尻から、もっちりした感触が生々しく伝わってきた。

にわかにそこが自分の部屋ではなく、満員電車であるような幻覚が訪れる。ここがぎゅうぎゅう詰めの満員電車の中であったなら、たしかに興奮しそうだった。尻を触ったことで、まわりから隔絶された、ふたりだけの世界が生まれたような気がした。

里美の芝居がまた、無駄にうまかった。チラとこちらを振り返っては、困ったように眉根を寄せ、尖らせた唇で怒りを示す。触らないで、というように、ぷりぷりと尻を振る。そのうち、眼の下までピンク色に染まってきた。

（いやらしい女だな、まったく……）

里美のペースにすっかり嵌《は》まってしまった遼一は、両手を使って尻を撫でまわした。鷲づかみにして揉みくちゃにし、左右の尻丘を寄せたり離したり……。

どれだけ百戦錬磨の痴漢でも、電車の中でここまでするわけがないが、指使いの勢いはとまらなくなっていく。

（どうせ……セックスまで付き合わされる運命なんだ……）

半ば自棄になっていた。理性的に考えれば拒むべき行為でも、目の前にそそるボディを差しだされれば、逃れられないのが男の性《さが》だ。

不意に里美がくるりとまわった。

「前を触っても……いいんだよ」

相対する格好で、身を寄せてくる。わたしも前から触ったでしょう？　と彼女の顔には書いてある。

「シャツの中に手を入れて……ねえ」

もやは痴漢ごっこはどうでもよくなったらしく、一刻も早く敏感な部分に刺激が欲しいらしい。

「いいですけどね……」

ふて腐れた顔で答えつつも、遼一の心臓はすさまじい勢いで早鐘を打ちはじめた。

里美のパイパンの割れ目――この前は、触りたくても触らせてもらえなかった。手マンには自信がないけれど、クンニは千登世にコーチしてもらった。要領は似たようなものだろう。デリケートな部分なので、丁寧にそうっと……。

シャツコートの裾に、右手を忍びこませていく。見えない状態でまさぐると、パンティに触れた。腰の横あたりだろうか。生地が異常に薄くて、ストッキングのような手触りだったが、太腿あたりは素肌なので、やはりパンティなのだろう。

股間の位置を予測し、手のひらを上に向けて近づけていく。むっ、と湿った熱気を感じる。

「あっ……んっ……」

里美が小さく声をもらした。その顔は、いつになく可愛らしかったが……。

（なっ、なんだこれは？）

遼一の右手の中指は、股布に触れているはずだった。そういう触り心地も、たしかにする。その一方で、指に蜜がねっとりと付着している。錯覚ではない。パンティ越しに触っているのに、ここまで蜜が漏れていることなどあるのだろうか。いくらなんでも……。

そのうち、あきらかに布とは違う、ヌメヌメした貝肉のような感触が指に伝わってきた。これはおそらく、花びら……ということは、つまり……。

（オッ、オープンクロッチなのかっ！）

遼一はハッと息を呑み、里美を見た、不敵な笑いを返された。間違いないようだった。見た目は普通のパンティでも、股布のところに穴が空き、パンティを穿いたまま放尿でも自慰でも結合でもできるデザイン——五番の部屋で見たことがある。

（やっ、やりやがったな……完全にやりやがった……）

先ほどバスルームに行ったとき、里美はスキニーパンツを脱ぐだけではなく、下着も穿き替えたのだ。こんなセックスの小道具のようなパンティ、仕事をしているときに穿いているわけがない。

（そっ、それにしてもエロい……エロすぎる……）

前回は真珠の連なりで割れ目だけを隠し、今回はオープンクロッチで割れ目だけを露出している。いったいどこまでいやらしい女なのだろう。性欲のピークにしてセックスレスの憂き目に遭うと、これほどの美女でも正気を失ってしまうのか。

「ごっ、五番の部屋にあったパンツでしょ？」

「ピンポーン」

「あの部屋の下着をいちばん買ってるの、副社長なんじゃないですか？」

「そんなことないでしょ。精力カラッカラのダンナの前で、こんなの穿いてたってしかたがないし」

「しゃ、社長や専務は、社販でも絶対買わないでしょうね」

「あのふたりじゃ、フェロモンが足りなくて穿きこなせないって」

バッ、と里美はシャツコートの裾をまくりあげた。

（うわあっ……）

遼一は眼を真ん丸にひん剝いた。里美が穿いていたのは、黒いパンティだった。デザインはプレーン、けれども、生地がストッキングのようにスケスケだ。パイパンでなければ確実に陰毛が透けていただろうし、おまけにオープンクロッチ……。

五番の部屋で類似商品を見かけたとき、こんなもの穿いている意味があるのか、と思った。ノーパンでいるのと同じではないか、と……。

だが、意味はあった。里美が穿いているのを見てよくわかった。穿いていないより、見た目が百倍エロくなる。彼女がチョイスする下着は、そんなのばっかりだ。

「抱っこしたくなってきた？」

セクシーな流し目で見つめてきた。

「いいのよ、抱っこしてくれても。わたしはもう、準備万端でしょう？　触ってるからわかるよね？　痴漢してるときから、濡れて濡れて……あううっ！」

「指が入っちゃいました」

「やっ、やるじゃないの……でもいいの？　指なんかで……オチンチン入れたほうが、もっと気持ちがいいんじゃない？」

指挿入の刺激に頬をひきつらせながらも、里美はガニ股になって股間を上下させてきた。下の口で、指をしゃぶってきた。ぬちゃっ、くちゃっ、と音がたつほど……。

（まっ、負けないぞ、今日という今日は……）

里美のいやらしすぎるガニ股攻撃に眩暈《めまい》を覚えながらも、遼一の中で、男の本能がいま、覚醒しようとしていた。

前回は、手脚を拘束されてフェラをされたり、ブラジリアンワックスで陰毛を脱毛されたり、やりたい放題もてあそばれた。今日だってデートはできないとさんざん断っているのに、掟破《おきて》りの逆痴漢をきっかけに彼女の沼に引きずりこまれ、気がつけばこの有様だ。

美人でエッチで欲求不満な人妻——可愛いところもあるけれど、あまりにも男をナメきっている。

たとえ彼女がひとまわり年上でも、たとえこちらには童貞に毛が生えたような経験しかなくても、遼一だって男である。男としてのプライドがある。ここまで女にナメられてヘラヘラ笑っているようでは、未来の自分に希望がもてない。

5

「ねっ、ねえ……」

里美がもどかしげに身をよじる。

「そろそろオチンチン入れてくれない？」

「指だって気持ちいいでしょ？」

「気持ちいいけど……あおおっ！」

ずぼずぼと抜き差ししてやると、里美はガニ股になっている両脚を震わせた。

「もう副社長のペースに惑わされるのはごめんなんですよ」

「意地悪しないで、早く抱っこしてよ」

「言ってるわりには、腰の動きがいやらしいじゃないですか」

指の抜き差しに合わせて、里美の股間は上下していた。軽くヒンズー・スクワットをするような具合である。

「だいたい、副社長言ってませんでした？　今日は僕の好きにしていいって。奴隷にでもなんでもなるって」

「いっ、言ったけど……」

「だったら、これくらいさせてもらわないと……」

「はぁおおおーっ！」

肉穴に埋めていた指を、中指一本から人差し指を加えて二本にする。さらに鉤状《かぎ》に折り曲げて、内側の壁をこすりたてるように抜き差しする。

「あおおおっ……ダッ、ダメッ……気持ちよすぎて、立ってられないっ……せめてベッドでっ……」

「副社長は、いくら僕がすがるような眼を向けても、痴漢をやめてくれませんでしたよね？」

「はっ、はぁおおおおおーっ！」

里美がのけぞって悲鳴をあげる。遼一がその場にしゃがみこみ、クリトリスを舐めはじめたからだ。パンティを穿いたままだったが、オープンクロッチのうえにパイパンなので、敏感な肉芽の位置はすぐに特定できた。

「はぁおおおーっ！　はぁおおおおーっ！　んんんっ……」

獣じみた悲鳴の途中で、このアパートの壁の薄さを思いだしたようだった。必死に声をこらえながら、さらにのけぞり、ブリッジするようにベッドに両手をついた。まさにこの体勢は、イナバウアー。しかし、エレガントさは皆無だった。両脚がガニ股になっているからだ。エロリンピックなら金メダルだろうが……。

（たまらないじゃないかよ……）

遼一はギラギラと眼を血走らせ、鉤状に折り曲げた二本指をリズミカルに抜き差しした。上壁にあるざらついた凹《へこ》みが、たぶんＧスポットだろう。そこを集中的に刺激してやる。ちょうどクリトリスの真裏にあたる部分だ。クリを舐めるのもやめてはいない。千登世に教わった通り、つるつるした舌の裏側で、ねちねち、ねちねち……。

「ああっ、いやあああっ……いやあああっ……」

里美がもらす声が、いよいよ涙まじりになってきた。

「そっ、そんなにしたら、出ちゃうっ……お漏らししちゃうからっ……」

「漏らしたらいいでしょ」

「いっ、いやよっ……恥ずかしい」

「人をパイパンにしておいて、恥ずかしいなんてどの口が言うんですか？」

「はっ、はぁうううううっ！」

鉤状二本指をフルピッチで抜き差しすると、里美は悲鳴をあげ、ピュピュッと潮《しお》が吹きだした。ＡＶでよく見る、あれである。女は感じると本当に潮を吹くのだと、遼一は感動さえ覚えた。畳がびしょびしょになってしまったが、自分の力で女に潮を吹かせた高揚感の前では、取るに足らないことだった。

一方の里美は、潮を吹ききるとがっくりと畳の上に崩れ落ち、むせび泣きはじめた。潮を吹かされたのがよほど恥ずかしかったらしく、真っ赤になった顔を両手で覆っている。

「いっ、意地悪っ！　遼一くんの意地悪っ！」

遼一に動揺はまったくなかった。自分がいままでしてきたことをよく考えてみろ、と心の中で言い返した。泣いたくらいで許されると思ったら大間違いだし、潮吹きで泣きだした女を見ていると、むしろ残酷な気分になってくる。

泣かせた女をさらにいじめたりすると、絶対に嫌われるぞ――遼一の中に棲む天使が言った。

嫌われたっていいじゃないか――悪魔が言い返す。いや、実のところ、嫌われるような振る舞いこそが、いま必要とされているのである。甘い顔をしていると、会社を辞めたってこの女はいつまでもつきまとってきそうではないか。

（よーし、決めた。嫌われてやる！）

遼一は腹を括《くく》ると、

「そういや、オチンチンが欲しかったんですよね？」

里美の腕を取って立ちあがり、玄関から外に出た。アパートの敷地内にある庭へ向かう。

「なっ、なに？　どこに行くの？」

不安げに訊ねてきた里美は、黄緑色のシャツコートを着ていた。いちおう、淫らな下着を隠すことはできている。

遼一もまた、ポロシャツに綿パンなので、人に見られて問題になることはない。問題が起こるとすれば、ここから先の行動いかんによる。

「ここでしましょうよ」

庭の雑木林に入り、イチョウの大樹の下で立ちどまった。

「なっ、なんでっ？」

里美は呆然とした顔をしている。

「部屋は壁が薄いから、副社長が本気であえぎだしたら、間違いなくアパート中に響き渡っちゃうんですよ。ここのほうが多少はマシです……」

遼一は里美の両手を大樹につかせ、尻を突きださせた。シャツコートの裾をめくりあげると、黒いスケスケパンティに覆われた量感たっぷりの巨尻が姿を現した。野外でそれを見るインパクトは、尋常ではなかった。いけないことをしている感、一〇〇パーセントである。

遼一はズボンとブリーフをさげて勃起しきったペニスを取りだすと、里美の尻に腰を寄せていった。穴の位置がどこなのかわからなかったので、ペニスの根元をつかんで、先端で尻の桃割れをなぞった。二度、三度となぞるうち、肉穴の入口らしき凹んだポイントが見つかった。

「ここでいいんですよね？」

狙いを定めて訊ねると、里美は前を向いたまま、小さくうなずいた。双肩が小刻みに震えていた。野外性交に怯えているようだった。

（これはマジだ……マジでビビッてる……）

遼一の興奮はさらに増した。いままでは、怯えさせられ、ビビらされるのは、いつだってこちらの側だった。ようやく立場を逆転できた。かくなるうえは、もう少し怯えさせてやろう。

「ちょっと、副社長……」

肩を叩き、里美を振り返らせる。夜闇の中でもはっきりとわかるほど、眼が腫れて、美貌がこわばりきっている。

「声さえ出さなければ、大丈夫ですからね。静かにやってるぶんには……でも、我慢できずに大きな悲鳴なんてあげたら……わかりますね？　いまどきこんなボロアパートに住んでいる人間なんて、まともなやつはひとりもいません。頭のイカれた馬鹿ばっかりだ。あえぎ声を聞きつければ、のぞきに来るやつが絶対にいる。盗撮をするやつ、それをネットに流すやつ……」

嘘だった。このアパートの住人は浪人生が中心で、誰も彼も心やさしき「ぼっち族」なのである。いやらしい声が聞こえてきたら、イヤホンでそれを遮断するか、頭から布団を被って寝てしまう草食系のオタクばかり。盗撮動画をネットに流すような反社会的な行為など、絶対にできない。

だが、嘘でも効果は抜群だった。里美の顔はみるみる青ざめていき、

「ホッ、ホテルに行きましょう……」

震える声で言った。

「お金ならわたしが出すから……タクシー呼んでホテルに……」

「声を出さなければいいだけの話でしょ！」

遼一は腹筋に力をこめ、腰を前に送りだした。硬く勃起した肉の棒を、ずぶずぶと里美の中に埋めこんでいった。

「あっ……くぅうっ！」

里美は口を手で押さえたようだった。両手では押さえられない。どちらかの手を大樹についていないと、前のめりに倒れてしまう。

（いつまで声を我慢できるかな……）

遼一は自暴自棄になっていた。里美がお金を貸してくれたけれど、家賃滞納という恥ずかしい個人情報が筒抜けになってしまうこんなアパート、いつ追いだされてもかまいやしなかった。

どうせ変な貼り紙で辱《はずかし》められたのなら、もっと盛大な赤っ恥をかいてやる。幸い、里美は美人である。セックスしているところを誰かに見られても、首を括りたくなるようなタイプではない。むしろ男として誇らしいくらいだ。

「ねっ、ねえ……」

里美が泣きそうな顔で振り返った。

「お願いだからホテルに行こう……夜景が見える、ふかふかなベッドの……」

「そんなこと言って、けっこう興奮してるじゃないですか？」

根元まで入っているペニスを抜いていき、半分くらい埋めこんだ状態で小刻みに出し入れする。激しく抜き差ししたわけでもないのに、ずちゅっ、ぐっちゅっ、と肉ずれ音がたつ。

もちろん、里美が蜜を漏らしすぎているからだ。

「すごい濡れ方ですよ、興奮してるんでしょ？」

「しっ、してません……」

「嘘言わないでくださいよ。締めつけだってすごいですよ」

「キッ、キミみたいな初心者に……」

涙眼で睨んできた。

「こんな難しい体位、やり通せるのかしら？」

嘲《あざけ》るように言われ、遼一はカチンときた。

初心者は初心者でも、立ちバックは経験済みの体位なのである。童貞を捨てた記念すべきスペシャル・ラーゲと言っていい。

さすがにあのときはうまくいかなかった。しかし、オナ禁していたこの二週間、何百回、何千回と脳内シミュレーションを繰り返し、さらにはエア立ちバックの練習にも励んできたのである。

もちろん、そんなことは自慢にもならない。みずからハードルをあげるのは、千登世のような本物のテクニシャンにまかせておく。

「すいませんねえ、初心者で……」

腰を前に送りながら言った。ペニスを埋める深さを、半分から根元にまで戻した。

「下手でも許してくださいね、初心者ですから……」

全長をすべて埋めこんでも、いきなりフルピッチで突きあげるようなことはしなかった。ゆっくりと抜いていき、またゆっくりと入り直していく。里美が焦《じ》れるくらいでちょうどいい。本気を出すのは、まだ先だ。

「んんっ……くぅううっ……」

最初は余裕で受けていた里美も、ピストン運動が十回、二十回と繰り返されると、身をよじりはじめた。元より性欲のピークにして欲求不満の体だし、野外という刺激的なシチュエーションでもある。

女・三十五歳が、興奮しないわけがない。

「ねっ、ねえ……」

里美が振り返る。

「もっ、もっと本気で突きなさいよ……」

「すいませんねえ、初心者なもので……こんな感じですか？」

遼一はヘラヘラ答えつつも、じわじわとピッチをあげていった。パンッ……パンッ

……パンッ……と熟れきった巨尻が軽く音をたてるくらいに……。

「ああっ、いいっ……」

まだ全然本気を出していないのに、里美は絞りだすような声をもらし、激しく身をよじらせる。

感じているようだった。これが女・三十五歳のアキレス腱だと言っていい。欲望の塊《かたまり》と化しているので、下手な愛撫や腰使いでも、響くのだ。

野球のバッティングだって、ことさらスウィングに力をこめなくても、タイミングさえ合えば、軽々とホームランにできるという。

女・三十五歳は、振ればホームランのお年ごろなのである。

遼一はピストン運動のピッチをあげていった。巨尻のバウンド力を利用して、軽快なリズムで抜き差しする。奥まで貫くほどの力はこめず、浅瀬を責める。

「ああっ、いやっ……ああっ、いやっ……」

それでも里美は乱れはじめる。声こそ抑えているものの、全身が躍動しはじめている。腰をくねらせ、尻を押しつけてくる。足元はローヒールパンプス。いつの間にか爪先立ちになっている。

「いいですか？　気持ちいいですか？」

訊ねる遼一は、腰使いに緩急をつける余裕すら生まれていた。

「いいっ……とってもいいっ……」

金髪を揺らしながら、里美が答える。

「初心者だから、下手クソでしょ？」

「そっ、そんなことないっ……そんなことっ……はっ、はぁうううう―っ！」

夜闇に獣じみた悲鳴が響いた。枝にとまって休んでいた鳥たちが、驚いていっせいに飛びたった。

パンパンッ、パンパンッ、と巨尻を鳴らして、遼一が連打を放ったからだった。亀頭で子宮を押しあげる勢いで、突きあげた。息をとめて、渾身《こんしん》の連打を放った。いままで溜めに溜めていたエネルギーを、ここで一気に爆発させた。

十回、二十回、と怒濤《どとう》の連打は続き、

「ダッ、ダメよっ……ダメダメッ……おかしくなるっ……そんなにしたらおかしくなっちゃうっ！」

里美は必死の形相で振り返るが、首をひねりつづけていることができない。すぐに前を向き、大樹にしがみつく。それでも尻は突きだしている。腰を九十度に折り曲げて、巨尻を突きだしている姿が卑猥だ。

遼一はまだ息をとめている。

三十回、四十回、と連打を続ける。

息をとめているせいで、顔が燃えるように熱かった。そのうえ滝のような汗が、眼の中にまで流れこんでくる。

それでもやめない。

動画を撮っておけばきっと、鬼の形相の自分と対面できただろう。

「……イッ、クッ！」

不意に里美が、ガクンと腰を震わせた。体中を小刻みに痙攣させながら、いやらしいくらい身をよじった。

大樹に必死にしがみついたり、片脚を跳ねあげたりしているのは、あえぎ声をこらえているせいもあるのかもしれなかった。オルガスムスに達しているのにこらえきれるなんて、たいしたものだった。

「ちょっ……ちょっとっ……」

里美が焦った顔で振り返った。

「もうイッてるっ……イッてるってばっ……」

女が絶頂に達したら、男は少しの間、動くのをやめる。それがセックスの基本的なマナーであることくらい、遼一は童貞のころから知っていた。ＡＶ男優もそういう所作をするからである。

だが、このときばかりはやめなかった。パンパンッ、パンパンッ、と巨尻を鳴らして、ピストン運動を継続した。

(嫌われたっていいんだっ……むしろ嫌われたいんだっ……)

胸底で呪文のように唱えながら、連打を放った。ここに来てアクセル全開、自分にできる最速のフルピッチで、突いて突いて突きまくった。エア立ちバックで鍛えた腰使いを余すことなく披露して、三十五歳の人妻を翻弄《ほんろう》しつくした。

「イッ、イッてるってばっ！　もうイッてるのっ！　やっ、やめてっ……ちょっと休ませてっ！　ダメだってばっ！　ダメって言ってるでしょっ……はっ、はぁあああああああーっ！」

里美はもう、喜悦に歪んだ悲鳴をこらえきれなかった。ガクガクッ、ガクガクッ、と壊れたロボットのように五体を震わせながら、二度目のオルガスムスに向かって駆けあがっていくしかなかった。

第五章　濡れた瞳に映るのは

1

翌朝、遼一は悲愴な覚悟で出社した。

今日という今日は、朝イチで辞表を出すつもりだった。昨日のように社員総出で発送作業をやらなければならない状況なら作業は手伝うけれど、ケジメとして夕希子に辞意を表明して詫びを入れなければ、罪悪感に胸が押しつぶされそうだった。

（それにしてもまいったなあ、自棄になって及んだ暴走が、あんなふうに裏目に出るなんて……）

ゆうべは本能のままに、里美を失神寸前まで野外で犯し抜いた。彼女が絶頂に達した回数は、五回や六回ではきかないはずだ。

もちろん、遼一にしたって体力の限界をとっくに通り越していたけれど、「やめてっ！」「許してっ！」「もうイッてるってばっ！」と里美に哀願されると、新たなエネルギーが沸々とこみあげてきてしまい、絶頂に達したばかりの彼女を連続アクメ地獄に突き落とさずにはいられなかった。

こちらだって同じ台詞で何度となく哀願したのに、里美は聞き入れてくれなかったのである。これぞ因果応報、いわゆるブーメランというやつである。人にやさしくしておかないと、結局は自分が痛い目を見ることになる。

とはいえ、すべてが終わり、部屋に引きあげてくると、射精後の気怠《けだる》い気分と相俟って、一抹の淋しさを覚えてしまった。

嫌われただろうな、と思った。

むしろ嫌われるために行なったことだから、そうなって当然だった。

情事のクライマックス、里美は半狂乱であえぎにあえぎ、終わったあとの顔は、汗と涙と涎《よだれ》でぐしゃぐしゃになっていた。誰よりも高そうな里美のプライドを粉々に打ち砕いたことは間違いなく、凍えるような冷たい別れを予感した。

しかし、そうはならなかった。

「ねえねえ、遼一くん。どうしてわかったの？　わたしが仮面ドSで、本性はドMな女だって……みんなわたしの表層しか見てないんだから。若いころ合コンで『いじめてください』とかよく言われてたけど、わたしは男をいじめたいんじゃなくて、男にいじめられたいのよ。いじめられて燃えるタチなのよ……」

そんなことを言いだして、親猫に捨てられたばかりの仔猫のように懐《なつ》いてきた。異様にハイテンションで、朝の四時まで帰らなかった。といっても、部屋で二回目のセックスを始めたわけではない。「好きだよ」「もう離さないよ」「ねー、チュウして」などと言いながら、里美が一方的にまとわりついてきただけである。

「おはようございまーす」

地を這うような低い声で言いながら、オフィスの扉を開いた。

「おはよう」

と夕希子と千登世は返してくれたが、里美の姿はなかった。まだ始業十五分前だった。これから来るのだろうと思っていると、各人のスケジュールが記されたホワイトボードが眼にとまった。里美は本日の午前中、半休らしい。

(あれだけはしゃいだから、電池切れか……)

遼一にしても、朝から疲れきっていた。エネルギー放出量は里美に及ばずとも、かなり体力は使ったし、それを回復するための睡眠が足りていない。

（そんなこと言ってる場合じゃないぞ。とにかく辞表だ。辞表を出さないと……）

込みいった話になるので、どこかで夕希子とふたりきりになりたかった。五番の部屋がいいかもしれなかった。ダンボールに詰まっている商品はエロエロでも、あの部屋は静かだ。

覚悟を決めるためにこっそり深呼吸を繰り返していると、

「ちょっといい？」

夕希子のほうから手招きされ、社長のデスクに向かった。珍しく、濃紺のタイトスーツ姿だった。いつもは下はスカートでも、上はジャージを羽織っているのに……まだ着替えていないだけだろうか。

「今日、急な商談が入ったんだけどね、キミ、一緒に来て」

「えっ……」

遼一はキョトンとした。

「僕なんかが商談に行って、役に立つんですか？」

「立つか立たないかは、あなた次第よ」

「でも僕、こんな格好ですし……」

三年前に行ったロックフェスの記念Tシャツに、ベージュの綿パン。靴はくたくたのコンバースだし、商談どころか、ちょっとまともなレストランなら、ドレスコードに引っかかって入店を拒否されるだろう。

「服はまあ、わたしがなんとかするから、すぐ出ましょう」

「発送は大丈夫なんですか？」

「おかげさまで、昨日ほどじゃないけど、通常の三倍ね」

「それじゃあ……」

「昨日のうちに先手を打って、アルバイトを集めておいたから大丈夫。午後になったら里美も来るし、なんとかなるでしょ」

夕希子に連れられ、遼一は会社を出た。商談の場所は、採用試験が行なわれた西新宿のホテルということだった。

ただ、その前に遼一の服を入手する必要があり、デパートに寄った。夕希子が服を見立ててくれ、会計までしてくれたので、さすがに震えた。黒いジャケットと白い無地のTシャツはファストファッションだったが、ストレートチップの革靴はきちんとしたものだったので、三万円以上した。

「いっ、いいんですか……」

「仕事で使うものだもん。経費よ、経費」

夕希子は涼しい顔で言っていたが、勤め人の服が経費で落ちるなんていう話は聞いたことがない。

（昨日の副社長もだけど、社長も俺が金がないの知ってて、気を遣ってくれてるのかなあ……）

涙が出そうなほど嬉しいけれど、気を遣われても困るのがつらいところだった。なにしろ遼一は、隙あらば夕希子に辞表を出そうと考えている。もう会社は辞めるのだ。商談用の服や靴を買い与えてもらったところで、それをＩＵＣのために使う機会は、二度とない。

商談の場所は、前に一度来たことがある四十二階の部屋だった。

童貞を失った記念すべきステージである。

商談相手は外国人で、四十代くらいの男がふたりだった。名刺交換をしたものの、彼らは日本語がまったく話せなかったので、国籍は最後までわからなかった。夕希子は英語で話していたが、なにを言っているのかわかるはずもなく、遼一はひたすら給仕に徹するしかなかった。

商談は三時間以上続いた。正午を挟んだので、途中みんなでルームサービスのサンドウィッチをつまんだ。

英語がわからなくても、側にいると話のテーマはなんとなく伝わってきた。

夕希子はおそらく、彼らとチームを組んで、IUCオリジナルのランジェリーを開発しようとしている。外国人たちは商品見本だけではなく、生地やレースなども鞄《かばん》に詰めこんできていた。

（やり手社長ここにありって感じだなあ。ワールドワイドにビジネス展開して……）

自社の社長ながら、感心せずにはいられなかった。

都心からちょっと離れた住宅街の一軒家をオフィスにしているベンチャー企業。みんなジャージで働いていたり、発送作業が自前だったり、決して格好よく働いているわけではないが、こういう場面に立ちあうと胸が躍る。

できることなら……。

普通の社員としてIUCに採用され、夕希子たちと同じ夢を見てみたかった。女の下着を取り扱っている通販会社なんて人に言うのはちょっと恥ずかしいけれど、女にとっては大切なアイテムだし、人口の半分は女なのだ。夕希子や里美や千登世と一緒なら、きっと人に誇れる仕事になったはずだ。

しかし……。

そういう未来は、あり得ない。

「ふうーっ」

商談相手をホテルの玄関まで送り、部屋に戻ってくると、夕希子は体を投げだすようにしてソファに腰をおろした。商談中は凜々《りり》しい表情を崩さなかったが、ぐったり疲れるほど緊張していたのかもしれない。

「コーヒーでも頼みましょうか？」

遼一が声をかけると、

「うーん、ビール飲もうよ」

「えっ……」

遼一は驚いて夕希子を二度見した。

「まだ真っ昼間ですよ。これから会社に戻るんですよね？」

時刻は午後二時を少し過ぎたところだった。

「今日は直帰、わたしもキミも」

「……いいんですか？」

「だって……」

ふっ、と夕希子は小さく笑った。

「キミ、わたしになにか話があるんでしょう？」

来客を送りだし、緊張感がとけていた部屋の空気が、にわかに重くなった。

「いや、あの……僕、話があるなんて言いましたっけ？」

とりあえずとぼけた。心臓が激しく高鳴りだす。

夕希子は静かに首を横に振った。

「じゃあ、その……副社長や専務がなにか……」

夕希子はもう一度首を横に振り、

「わたしがそう思っただけなんだけど、違う？　違うならべつにいいんだけど。なにも話がないなら……」

感情の読めない眼つきで、ゆるりとこちらを見た。

すべて見透かされている、と直感した遼一は、その場に土下座した。

「申し訳ございませんでした！」

叫ぶように言い、絨毯に額をこすりつけた。

「眼をかけていただいたにもかかわらず、僕は社長のご期待には添えませんでした。もう会社を辞めさせていただきます。これ以上働きつづけることはできません」

言葉は返ってこなかった。恐るおそる顔をあげていくと、夕希子は悠然と脚を組み、薄く笑っていた。

「どうしちゃったの、急に？」

「僕は裏切り者なんです」

「なにを裏切ったわけ？」

「そっ、それはその……」

勇気を振り絞って言葉を継ぐ。言うならいましかない。

「ふっ、副社長と、寝ました……」

夕希子の表情は変わらなかった。

「せっ、専務とも……」

耳に痛いほどの静寂が訪れる。

夕希子がなにも言ってくれないので、遼一は焦った。表情すらも変わらない。怒られると思っていた。怒られてしかるべきことをしでかしてしまったはずなのに……。

「ふっ、副社長はひどいんですっ！」

混乱のあまり、言葉が勝手に口から飛びだした。

「社長との関係を疑われて、いやらしいやり方で全部白状させられて……抵抗なんかできませんでした。あんな綺麗な人に色仕掛けされたら……まな板の上の鯉《こい》とか、そういう感じになっちゃって……」

夕希子は黙ってこちらを見下ろしている。

「せっ、専務だってひどいんです。副社長とそういう関係になっちゃって、僕は社長を裏切った罪悪感から心神喪失状態一歩手前で、街中で偶然会った専務に相談したら、結局は……同じようなことになっちゃって……」

遼一が言葉を切ると、部屋にはまた、耳が痛くなるような静寂が訪れた。

まるで時間がとまってしまったような感じだった。

2

「よくわからない……」

夕希子は力なく首を振った。

「それのどこが裏切りなのかしら？　わたしはなにも傷ついてないわよ」

「裏切りじゃないですか！　ぼぼぼ、僕は……社長だけに忠誠を誓ったつもりでした。社長だけに……社長だけに……」

「でも、あのふたりに誘惑されて、無理やり寝てしまった？」

「はい」

「気持ちよくなかったの？」

「へっ？」

「里美やチィちゃんとセックスして、射精したんでしょ？」

「……しました」

「気持ちよく？」

「……いちおう」

「じゃあ、それでいいじゃないの」

「よっ、よくないでしょ！　ってゆーか、社長、怒らないんですか？　僕、社長の親友と寝たんですよ？　日曜日のデートをドタキャンしたのだって、副社長にも誘われて、どっちか選べなくて、どっちも断ったからなんですよ」

「ドタキャンには怒ったわよ。だってすごく楽しみにしてたんだもん」

夕希子の顔に無邪気な笑顔が浮かぶ。

「湘南の葉山にね、隠れ家的ないいプチホテルがあるのよ。天気がよければ窓から見える景色が南仏みたいで、潮風が気持ちいいの。食事もね、現地から来てるシェフが腕をふるったフレンチ。泊まるのは無理でも、そこでキミと半日過ごそうと思ってた。エッチして、おいしいごはん食べて、またエッチして……」

眼を閉じた。しばらくの間、そうしていた。

「自己弁護っていうか、都合のいい言い訳に聞こえるかもしれないけど、世の中にはいろんな形のセックスがあっていいと思うの。キミはたぶん、まだひとつしか知らない。それも、経験したんじゃなくて、想像してるだけ。わたしも若いときはそうだった。セックスっていうのは、愛しあう男と女が、愛を確かめあうためにするものだと信じて疑っていなかった。でも、それってすごく貧しい考え方。男と女って恋愛だけじゃないもの。好きになることだけがスタートじゃないし、結婚だけがゴールじゃない。お互い楽しければ、それでいいんじゃないかな」

遼一はにわかに言葉を返せなかった。夕希子と恋人同士になれると思っていなかったし、結婚なんて考えたことがない。

それでも、葉山のプチホテルで彼女と過ごす半日は、途轍もなく楽しそうだった。心地よい潮風が吹きこむ部屋でセックス、おいしいごはん、さらにセックス……。

「わたしね……」

夕希子は立ちあがり、窓の側に向かった。眼下の東京を見下ろしながら、こちらに背中を向けて言葉を継ぐ。

「もうすぐ誕生日なの。三十六歳になっちゃう」

三十五歳も三十六歳も変わらないじゃないですか、と遼一には言えなかった。三十五歳は女の性欲のピーク。つまり、三十六歳になるということは、いよいよ性欲がピークアウトしはじめるということなのだ。

「里美の誕生日が夏で、チィちゃんは早生まれだから来年だけど、みんなもうすぐ三十六歳。出会ったころは十八歳だったのに……焦るよね。里美もチィちゃんも焦ってる。焦ってあがいてる。もちろん、わたしも……だから許して。巻きこんじゃったキミには悪いけど、きっとこれもいい経験になるから……」

「しゃ、社長……」

床に膝をついていた遼一は、ゆっくりと立ちあがった。

「もしかして、最初からこうなることとわかってました？」

夕希子は言葉を返してこなかった。ピンと伸ばした背中を向けたままだった。否定しない、ということが答えなのだろう。

「ごめん」

振り返った夕希子は、笑っていた。泣き顔みたいな笑い顔だった。哀切が押し寄せてきた。水のしたたるような色香を滲ませて……。

遼一は吸い寄せられるように近づいていき、抱きしめた。奪うように、唇を重ねた。舌を差しだすと、夕希子も応えてくれた。粘っこい音がたつほど熱烈に、舌と舌をからめあった。

「……いいの？」

夕希子が甘えるような上目遣いを向けてくる。

「わたし、悪い女よ……あなたを採用したら、里美もチィちゃんも誘惑するってわかってて、女ばかりの会社に招き入れたのよ……」

「もう言わないでください」

遼一は抱擁を強めた。夕希子に騙されていた、という思いは自分でも驚くほど簡単にスルーできた。そんなことより、自分から夕希子を抱きしめ、キスをしてしまった事実に驚き、高揚していた。

前回は、いちいち許可をとらなくては、指一本触れることができなかったのだ。自分の成長を実感した。夕希子にもそれを認めてほしいと思った。

「あっちへ行きましょう」

夕希子の手を取り、ベッドルームに入っていく。ここは童貞を捧げた記念すべきステージ。勝手はわかっている。間接照明をつける。ダークオレンジの色合いが、無機質な空間を一瞬にしてエロティックに変貌させる。

夕希子を見た。

眼が泳いでいた。ベッドの前で所在なく立ちすくみ、ブリッ子を発動させることもできないほど、戸惑っているようだった。

遼一は身を寄せていき、濃紺のタイトスーツを脱がせた。まずはジャケット、そしてスカート、さらに白いブラウス……。

(うわあっ……)

夕希子の下着は、白だった。つやつやしたシルクに可憐なレースを組みあわせた、花嫁が着けるようなパールホワイト・ランジェリー。

短い期間とはいえ、女性下着を専門に扱う仕事に就いた自覚があった遼一は、暇さえあればスマホでランジェリーのことについて調べていた。男が好む女の下着の色は白というのが定番だが、女性人気は高くない。汚れやすいという理由もあるが、ともすればダサくなってしまうからである。

白い下着は難しいのだ。着ける人間を選ぶ。

夕希子にはよく似合っていた。赤いベビードールなんかより、ずっと……清楚だし、凜《りん》としている。

「そんなに見ないで……」

夕希子はハイヒールを脱いでベッドに倒れこんだ。まだパンティストッキングを着けたままだった。そんなもの、穿いているほうがいやらしいのに……。

（すっ、すごい恥ずかしそうだな……）

それもそのはず、赤いベビードールはベッドインのために用意された衣装のようなものだったが、いまは本物のアンダーウエアをさらしている。タイトスーツの下で裸身を引き締め、汗や体臭だってたっぷりと吸いこんでいるだろう。それをさらけだすのは、さすがの夕希子でも恥ずかしいということか。考えてみれば、里美や千登世も、服の下に着けていた下着は見せてくれなかった。

「素敵ですよ……」

遼一はブリーフ一枚になってベッドにあがっていった。

「白い下着がそんなに似合う大人の女性、滅多にいないんじゃないですか？」

「里美のほうが似合うんじゃないの。ナイスバディだし」

悔しげに顔をそむけた夕希子を見て、遼一はあることに気づいた。彼女が過剰に恥ずかしがっているのは、アンダーウエアをさらけだしたからだけではないのだ。

里美や千登世と抱き心地を比べられる、と思っているからなのである。

それでも、比べられることを嫌ってセックスを拒めば、筋が通らなくなる。恥を忍んで体を投げだすしかないのである。

(俺が好きなのは社長なのに……副社長や専務も素敵な人だけど、俺の心にあったのは、童貞を捧げた社長ひとりなのに……)

それを言葉に出して伝えることはできなかった。言ったところで、夕希子は喜んでくれるどころか、鼻白んだ顔をするだけだろう。

彼女は人妻だった。おまけに、遼一が彼女の親友ふたりと肉体関係をもっていることを知っている。

それでもなお、情事を始めようとしていた。

つまりこれは、苦み走った大人の関係。甘酸っぱいだけの子供の恋愛ごっことは違う。童貞時代は想像したこともなかったけれど、大人の関係を受け入れるのなら、甘えた台詞を口にすべきではない。

態度で示すのだ。

好きだと言うかわりに、とびきり卑猥な行動で……。

「えっ、なに？　いっ、いやあああっ……」

体を丸めこんでやると、夕希子は悲鳴をあげた。遼一が仕掛けたのは、女に両脚を開かせた状態で逆さまに丸めこむ、いわゆるマングり返しだった。

「やっ、やめて……こんなの恥ずかしい……」

夕希子の顔はみるみる生々しいピンク色に染まりきり、怯えた眼で見つめてきた。

なるほど、恥ずかしいだろう。先ほどまで年長の外国人相手に、流暢《りゅうちょう》な英語で商談をしていたキャリアウーマンが、披露していいような格好ではない。

だが、それゆえに、遼一はたまらなく興奮した。全身の血が煮えたぎり、沸騰していくようだった。

「やめてほしいですか?」

そっとささやきかけた。

「本気でやめてほしいなら、やめますけど……」

夕希子は眼をそむけて逡巡した。顔の紅潮は濃くなっていくばかりだったが、きっぱり断ってこないところが女・三十五歳だった。コクッと喉を小さく動かして、生唾を呑みこんだ。

「好きにすればいい……わたしに恥をかかせたいなら、恥をかかせれば……」

「気持ちよくなってほしいだけですよ……」

遼一はまぶしげに眼を細め、太腿に頬ずりした。ナチュラルカラーのストッキングに包まれているので、ざらついた感触が卑猥だった。

「この前たくさん気持ちよくしてもらったから、今度は僕が……」

股間を覆う白い布に口を近づけていくと、夕希子は息をとめて身構えた。眼を見開いて、こちらを見た。

遼一はパンティには口をつけず、股布あたりのストッキングをつまみあげた。ビリビリッ、とサディスティックな音をたてて、極薄のナイロンを破った。夕希子は眼を見開いたままこちらを見ていた。まばたきひとつしなかった。もちろん、破ったことに対して文句も言わなかった。

遼一は続いて、白いパンティのフロント部分に指をかけた。片側に掻き寄せていった。さすがの夕希子も、瞼《まぶた》を落とした。眉間に深い縦皺が浮かんだ。

遼一の鼻先で、女の匂いが揺れた。

目の前に、三十五歳の女の花が咲き誇った。

（きっ、綺麗だ……）

里美のパイパンは清潔感たっぷりだったし、千登世の剛毛は野性的だった。夕希子はそのちょうど中間、恥丘の上だけに優美な小判形の草むらを残し、性器のまわりは無駄毛を綺麗に処理してあった。

アーモンドピンクの花びらが、軽く縮れながらぴったりと口を閉じ、魅惑の縦一本線を描いている。花びら以外は極端に色素沈着が少なく、肌色がくすんでいない。

「そっ、そんなに見ないでよ……」

夕希子が悔しげに声を震わせる。

とっても綺麗だし、可愛いですよ、と遼一は思ったが、口には出さなかった。言葉ではなく行動で示すことに、決めていたからだ。

「んんっ……」

夕希子が鼻奥でうめく。遼一が女の花に吐息を吹きかけたからだ。跳ね返ってきた自分の吐息は、なんとも言えないエロティックな匂いを孕《はら》んでいた。いい匂いだった。美人というのは、こんなところの匂いまで芳《かぐわ》しいのかと感動した。

いや……。

美人だから芳しいのではないのかもしれない。

こんなところの匂いがいい匂いに感じられるなんて、彼女に対するこちらの心の持ちようが、特別なものだからなのかもしれない。

3

遼一は舐めはじめた。

もちろん、千登世に教わった奥義を忘れていなかった。敏感な女性器は舌の裏側のつるつるしたところで舐めたほうがいい——花びらの合わせ目を、上から下に向かってなぞった。もはや舐めているという実感はなく、舌を道具として使った愛撫と言ったほうが正確かもしれない。

本能のままにペロペロしたい気持ちがないわけではなかった。それでも、夕希子を感じさせたい一心で、丁寧に舌を動かす。上から下、上から下、と舌の裏側を這わせつつ、時折チロチロと舌先を動かす。

「んんっ……んんんっ……」

夕希子の反応は、最初それほど手応えがなかった。舌が伝える快感よりも、まだ恥ずかしさが上まわっているようだった。それでもじっくり舌を動かしていると、花びらの合わせ目がはらりとほつれ、つやつやした薄桃色の粘膜が姿を現した。

奥から蜜があふれてきた。そのころになると、夕希子は激しく息をはずませるようになっていた。額に汗を浮かべ、宙に浮いた足指を、しきりにぎゅっと内側に丸めて……。

感じているようだった。

遼一はさらに舌を動かした。まだ包皮を被ったままのクリトリスの上に舌の裏側を置き、小刻みに左右させた。

「んんんっ……あああああーっ！」

夕希子は甲高い声をこらえきれなくなり、宙に浮いた脚をバタバタさせた。可愛かった。感じて乱れている女の姿は、なぜこんなにも可愛いのだろう――遼一は思いながら、割れ目に唇を押しつけた。薄桃色の粘膜からあふれだした蜜をじゅるっと吸いあげ、嚥下《えんげ》した。

「ううっ……」

漏らした蜜を呑みこまれたところを目撃した夕希子は、一瞬おぞましげに眉をひそめた。こんなことおぞましくもなんともない、とばかりに、遼一はもう一度唇を割れ目に押しつけ、じゅるじゅると吸いたてた。薄桃色の粘膜から口を離すと、蜜がねっちょりと糸を引いた。

夕希子は動揺しきっている。ひとまわりも年下の男に大胆な愛撫をされて……。

「だっ、誰に教わったの？　里美？　チィちゃん？」

そういうことを訊ねるのは反則だと、夕希子にもわかっているはずだった。わかっていても訊ねずにはいられなかったのは、こみあげてくる快感に呑みこまれそうになっているからだろう。

遼一は黙したまま、クリトリスの包皮を剝いては被せ、被せては剝いた。夕希子のクリトリスは、小粒の真珠のように綺麗だった。本物の真珠よりも美しいくらいだった。だがそこは、ただ美しいだけの器官ではなかった。

「はっ、はぁうううううーっ！」

満を持して剝き身を舌の裏で舐めてやると、夕希子の悲鳴はいままでの倍以上に跳ねあがった。マングり返しに押さえこんでいるにもかかわらず、体中をガクガク、ぶるぶると震わせて、よがりによがった。

「ああっ、いいっ……なんなの、このクンニッ……こっ、こんなクンニッ……されたことないっ……あああああーっ！」

舌の動きを倍速化させると、夕希子は言葉を継げなくなった。思った以上の反応に、遼一は激しく興奮した。両手を伸ばし、白いブラジャーに触れた。体勢的に背中のホックをはずすことは難しいので、カップをめくりさげて乳首を露出する。

ルビーのように赤く輝く左右の突起をつまみあげると、

「はぁあああーっ！　はぁううううう！　はうううううううっ！」

夕希子は髪を振り乱してのたうちまわった。

「ダッ、ダメッ……そんなのダメッ……イッちゃうからっ……そんなにしたらイッちゃうからあああああーっ！」

眼をカッと見開いて見つめてきたが、遼一は愛撫を継続した。舌の裏に感じるクリも、指でつまんでいるふたつの乳首も、刺激すればするほどいやらしいほど尖っていく。爆発寸前なのが伝わってくる。

「……イッ、イクッ！」

絞りだすような声をもらして、夕希子は果てた。体を丸めこんでいるので、手脚をジタバタと動かし、顔はもちろん耳や首筋まで真っ赤に染めあげて、オルガスムスをむさぼった。

マングり返しの体勢から解放しても、夕希子はしばらくの間、あお向けになったまま動かなかった。長い手脚をベッドに投げだし、呼吸を整える以外になにもできない、という感じだった。

やがてムクリと起きあがると、ブラジャーをはずしてベッドに叩きつけた。ミズ・エレガンスと呼びたくなるような女社長に似合わない、荒《すさ》んだ所作だった。続いてパンティとストッキングも脚から抜き、それもベッドに叩きつけると、顔を隠していた長い髪をゆっくりとかきあげ、遼一を見た。

上目遣いだった。しかし、前回のようなブリッ子要素は微塵もなかった。

「わたし、いまどんな顔している？」

「……めっ、牝豹《めひょう》？」

遼一は思ったことをそのまま口にした。

「そうね。鏡を見なくてもわかる」

「怒ってますか？」

「どうして？　怒るわけないでしょ？　気持ちよくしてもらって、怒る女がどこにいるの？　この前まで童貞だった若い男の子に、舌先だけでイカされて……ありがとうとしか言い様がないわね。どうだった？　わたしがあられもなくイッちゃうところ見て、興奮した？」

完全に怒っていた。頭のてっぺんから湯気が立つのさえ見えそうだった。

（怒っていることを認めることも、プライドが許さないんだろうな……）

里美や千登世もそれぞれプライドが高そうだったが、夕希子の比ではないのかもしれない。

「パンツ脱ぎなさいよ」

四つん這いでこちらに迫ってくる。まさに牝豹のようだ。

「今度はわたしが舐める番だからね。この前みたいに泣いたって許してあげないんだから」

「一緒にしませんか？」

「えっ……」

夕希子は四つん這いのまま固まった。

「シックスナインってしたことがないから、興味があって……」

「なんなのっ！」

金切り声が飛んできた。

「最近の若い男の子って、みんなそんな感じなわけ？　ＡＶ見て知識だけは無駄にあるから、童貞のくせに立ちバックをやりたがるわ、マンぐり返しで押さえこんでくるわ、挙げ句の果てにシックスナイン？　そんないやらしいことね、わたしだってやったことないんだから！」

「ないんですか？」

横眼でじっとりと見つめると、

「……ないわよ」

夕希子は急に小声になって顔をそむけた。

「人妻なのに？」

「そんなこと言ったって……すべての人妻がＡＶ女優みたいな……いやらしいセックスしてるわけじゃ……ないもの……」

「奥手の人妻も存在する、と」

「やればいいんでしょ！」

夕希子は声を跳ねあげると、アクメの余韻がありありと残っている潤んだ瞳を三角に吊りあげた。

「やるからさっさと横になって。わたしが逆さまにまたがればいいんでしょ？　べつに知らないわけじゃないんだから。あえてやる必要がないからやらなかっただけで、恥ずかしいとかそういうこと、思ってるわけじゃないんだから……」

強気な口調とは裏腹に、動揺だけが伝わってくる。遼一がベッドの上であお向けになると、夕希子は上下逆さまにまたがってきた。何度も深呼吸して、またがることを

二、三回は躊躇《ちゅうちょ》していた。

（すっ、すごい眺めだ……）

目の前に尻の中心が突きだされると、遼一は圧倒されずにはいられなかった。そこには女の恥部という恥部が集中的に棲息していた。女の割れ目だけではなく、セピア色のアヌスまで見える。

両手で尻の双丘をつかみ、ぐいっとひろげた。アーモンドピンクの花びらが、だらしなく口を開いていた。その奥で、薄桃色の肉ひだが幾重にも渦を巻き、薔薇《ばら》の蕾《つぼみ》のようになっている。ひくひくと熱く息づきながら、涎じみた蜜を垂らしている。

唇を押しつけて、じゅるっと啜《すす》った。しかし、舌を差しだそうとした瞬間、凍りついたように固まってしまった。

（こっ、この体勢じゃっ……）

舌の裏側を使って舐めるのは難しかった。花びらや肉穴の入口あたりはぎりぎりできても、クリトリスとなると絶対に無理だ。

万全なクンニができないなら——遼一は発想を転換した。まずは右手の中指を口でしゃぶって唾液をまとわせ、ずぶっと肉穴に埋めこんだ。みっちりと詰まった肉ひだを、ぐりん、ぐりん、と攪拌《かくはん》しながら、今度は左手の中指でクリトリスを探す。見ることができなくても、位置の見当はつく。

「はっ、はぁうううーっ！」

夕希子がのけぞって声をあげた。左手の中指が、クリトリスをとらえたからだ。やさしく、やさしく、と自分に言い聞かせながらいじりたて、肉穴に埋めこんだ右手の中指を鉤状に折り曲げる。肉壁のざらついた凹み――Ｇスポットをつんつんと押してやれば、恥丘を挟んだ二点同時攻撃の完成である。

「いっ、いやっ……いやっ……」

夕希子が腰をくねらせる。尻を振って指を振り払おうとしているかに見えるが、その実、ますます尻を突きだしてきている。彼女の中ではいま、羞恥と快楽がせめぎあっている。

（いいぞ……いい感じだぞ……）

遼一はリズムをつけて右手の中指を出し入れしながら、左手の中指で敏感な肉芽をやさしくいじりまわした。脳裏に、里美を潮吹きに追いこんだときのことが蘇ってくる。栄光の成功体験ではあるが、いまは忘れるべきだった。焦って愛撫に力をこめすぎるのは愚の骨頂。やさしく、やさしく……ねちっこく、ねちっこく……。

「ああっ……はぁあああっ……ぅんあっ！」

ペニスがぱっくりと口に含まれた。すかさずしゃぶってきた。後ろから見ていても、大仰に頭を振っているのがわかった。もちろん気持ちよかったが、ヘッドバンキングのような激しさが、遼一の心に余裕を生んだ。

夕希子は焦っている。

焦って愚の骨頂を行なっている。

つまり……。

(イニシアチブはこっちにあるってことじゃないかっ!)

遼一は足元から自信がこみあげてくるのを感じた。相手は三十五歳の人妻。美貌の女社長にして、数カ国語を自在に操る恐るべきタフ・ネゴシエーター。

遼一など足元にも及ばないスペックの持ち主だが、裸になれば五分と五分だ。いまは完全にこちらが押している。夕希子は愛撫が雑になっている。

(いろいろ言ってても、社長ってやっぱし経験値低いよな。二十五歳まで処女で、最初の相手がいまのご主人。立ちバックやシックスナインもやったことがないっていうし、そもそも、社員募集に見せかけてセフレを探そうっていうのが……男で言ったら童貞の発想だよ!)

遼一は両手による愛撫をキープしつつ、セピア色のアヌスに舌を伸ばした。そこならば、舌の裏側で舐められそうだった。

「ひぃいいぃーっ！」

夕希子が尻尾を踏まれた猫のような顔で振り返る。

「なっ、なにするのっ……」

「気持ちよくないですか？」

遼一はとぼけた顔で答えた。

「いいわけないでしょ」

「でも、腰が動いてますよ。ほーら、くねくね、くねくね……」

左右の中指の動きに緩急をつけてやると、

「あううっ！　やっ、やめてっ……」

「そんなこと言ったって、気持ちよさそうですよ」

「おっ、お願いっ！」

悲愴な声が耳に届く。

「おっ、お尻の穴だけはっ……なっ、舐めないでっ……」

「どうしてですか？　とってもおいしそうなんですけど……」

「あああああーっ！」

夕希子は振り返っていられなくなり、バンバンとベッドを叩いた。

遼一は舌の裏でアヌスを舐めつづけた。クリトリスのような快楽のための器官ではないので、実際にそこが気持ちがいいのかどうかはわからなかった。

しかし、敏感であることは間違いない。里美に電車の中で痴漢をされたとき、遼一も肛門をぐっと刺激された。肛門自体はべつに気持ちよくなかったが、その衝撃がトリガーとなり、勃起をこらえきれなくなった。

女の体にも、似たようなメカニズムがあるのではないだろうか。

アヌスを舐められても気持ちよくないし、排泄器官なのだから舐められること自体が、ひどく恥ずかしい。けれども、遼一はいま、肉穴や肉芽も同時に刺激している。鉤状に折り曲げた指を抜き差しするほどに、蜜はあとからあとからあふれてきて、涎のように垂れてくる。左手の中指の指腹に感じているクリトリスも、鋭く尖っていくばかりだ。

「ああああっ……ダメよっ……ダメだってばっ……お願いだからやめてっ……もう許してえええええーっ！」

夕希子はもはや、フェラチオなどしようともしていなかった。身をよじる動きが急にぴたりととまり、なにかを待ち構えるように身構えた。

「イッ……イクッ！」

鋭く反っていた腰が、ガクッ、ガクッ、と上下に激しく動いた。四つん這いの体を淫らなほどに痙攣させて、夕希子は二度目の絶頂に昇りつめていった。

4

「キミがもしわたしの夫だったら……」

夕希子はボサボサに乱れた髪を直すことも忘れて、ベッドに座っていた。お尻をぺたんとシーツにつけて、両脚を外側に出して……。

「間違いなく、離婚を切りだすでしょう。舐めないでって言ってるのに舐める人とは、信頼関係を維持できません。三行半《みくだりはん》を突きつけます」

遼一は正座して話を聞いていた。神妙な顔をしていたが、内心ではどこ吹く風だった。

「わかってるの？　あなたがいまやったことはね、とんでもない裏切り行為なのよ。信頼して体をあずけている女に対する、とっても卑劣な……」

「……イッたくせに」

ボソッと言うと、夕希子は息を呑んだ。みるみる泣きそうな顔になっていく。

「舌で一回……お尻の穴を舐められながら、もう一回……」

「ううう っ……」

唇を噛みしめながら、涙眼で睨んでくる。

「それはだから、わたしのせいじゃないの！　女の三十五歳は、性欲のピークだからなの。わたしがイキたくてイッてるわけじゃなくて、体が勝手にイッちゃうだけ！」

「だったらピークを楽しみましょうよ」

遼一は身を寄せていき、夕希子の体を横たえた。息のかかる距離で見つめあった。

夕希子はいまにも泣きだしそうな顔をしている。

「そんなに虚勢を張ることないじゃないですか。僕なんて、生まれて初めて社長にフェラされて、泣いちゃったんですよ。男として最高に情けないところから、セックスのキャリアを積みはじめたんです……」

「……でも恥ずかしい」

夕希子が顔をそむける。声がか細く震えている。

「こんなに簡単にイカされたこと、いままでないのに……二回も続けて……しかも、お尻の穴を舐められて、イッちゃったなんて……」

「ピークだからでしょ」

生々しいピンク色に染まった頬に、チュッとキスをした。

「社長のせいじゃないです」

「社長って言わないで」

横眼で睨まれた。

「夕希子さん」

名前を呼ぶとコクンとうなずき、

「もっとイカせてくれるの？」

甘えた声でささやくと、ペニスにそっと指をからめてきた。

今度は遼一がうなずく番だった。

（ここは正常位だよな……それ以外の選択肢はないよな……）

上体を起こし、夕希子の両脚の間に腰をすべりこませていった。体位の中で、もっともベーシックな正常位——遼一はしかし、それをしたことがなかった。立ちバックで童貞を失ってから、対面座位、騎乗位、立ちバックと、まるで正常位を避けるようなセックス・キャリアを積んできた。

（穴の位置、大丈夫かな……たぶんここだと思うけど……）

ペニスの根元をつかみ、切っ先を濡れた花園にあてがった。夕希子が両手を伸ばして抱擁を求めてくる。

遼一は応えた。夕希子の頭の後ろに右手を差しこみ、肩を抱いた。夕希子の肩はとても華奢《きゃしゃ》だったが、素肌は熱く火照っていた。

「これは、わたしがいちばん好きな体位なんだよ……たいていの人がそうなんじゃないか、とAVユーザーとして思う。

「見つめあいながらするのが好き。甘い感じがするでしょう？　メイクラブっていうか……」

「絶対に眼はつぶらないことを誓います」

「ゆっくり、ちょうだい」

蕩《とろ》けるようなウィスパーヴォイスで、夕希子は言った。

「できるだけ、ゆっくり……ちょっとずつ、ちょっとずつ……」

「わかりました」

遼一はうなずき、腰を前に送りだした。全神経を亀頭に集中させた。切っ先がぬかるみに埋まっていることは間違いなかったが、どの程度埋まっているかまではわからなかった。

つん、つん、と浅瀬を突きながら、キスをした。舌と舌とを濃厚にからめあわせて、唾液に糸を引かせた。時間稼ぎと言うと言葉は悪いが、ゆっくり繋がる方法を他に思いつかなかった。

しかし、あんがいこれが成功だった。まだ亀頭すら入っていないのに、夕希子の呼吸ははずみだした。時間稼ぎ第二弾として、遼一は空いている左手で乳房をまさぐった。やわやわと指をふくらみに食いこませれば、

「ああんっ……」

と夕希子が可愛い声をもらす。

乳房を揉みしだいては、乳首をいじった。もう一方の乳首は、口に含んだ。それはもう、時間稼ぎではなかった。愛撫がしたかった。使えるところはすべて使い、夕希子を気持ちよくしてやりたいと痛切に思った。

そうしつつも、腰は動いている。じわり、じわり、と結合が深まっていく。

夕希子の中はよく濡れていた。濡れすぎているくらいだった。そのうえ、奥に吸いこもうという動きがある。女陰はあきらかに、もっと深くまで欲しがっている。

（いっ、いやらしいな、こんなにひくひくさせて……）

もちろん、遼一だって同じ思いだった。一気に奥まで貫きたかった。それでも歯を

食いしばり、亀頭が埋まったあたりで我慢している。小刻みに腰を動かして出し入れしつつも、奥へ進むのはちょっとずつだ。

「ああぁっ……」

夕希子は早くも感極まりそうな表情で、首に両手をまわしてきた。チュッ、とキスをしては見つめあい、見つめあってはキスをする。黒い瞳の潤み方が、尋常ではなくいやらしい。

遼一は夕希子の乱れた髪を直した。時間稼ぎ第三弾だが、そういうことをしていると、本当に恋人同士になったような気になってくる。彼女は人妻なのに……決して自分のものにはならないのに……。

もちろん、そういうつまらない考えは、即刻捨て去るべきだった。たとえ自分のものにならなくても、夕希子の濡れた瞳にはいま、遼一だけが映っている。ならばそれでいいではないか。

(もっ、もう我慢できないよ……)

耐えきれなくなり、ずんっ、と突きあげると、

「あうううーっ！」

夕希子の体が腕の中で反り返った。丸い乳房を胸に押しつけられるのが、この世の

ものとは思えないほど心地よかった。ふくらみの先端で、乳首が硬く尖っている。それが伝わってくる。欲望の動かぬ証左が……。

ゆっくりと動きだすと、

「いやっ……」

夕希子が顔をそむけた。ずちゅっ、ぐちゅっ、といかにも汁気が多い肉ずれ音がたったからだった。それでもすぐに、こちらを見た。恥ずかしさに唇を嚙みしめながら、破壊力抜群の上目遣いを向けてきた。

視線と視線をからめあわせながら、遼一はピッチをあげていった。初めての体位とはいえ、本能的に腰が動いた。

「あああああっ……」

夕希子が眼を見開いて見つめてくる。遼一はすかさず唇を重ねた。つまらない台詞を言わせないためだった。気持ちがいいとか、オマンコがどうだとか、そういう言葉を耳にしたくなかった。

もっと崇高なことをやっている気分だった。興奮していなかったわけではない。ペニスにからみついてくる肉ひだが熱くヌメり、すさまじく気持ちよかった。抜き差しするほどに、どこまでも硬くなっていく実感があった。

それでも、ただのスケベ心だけで腰を動かしているわけではなかった。愛でもなく、恋でもないかもしれない。だけど、ずっとこうしていたかった。射精なんかしなくていいから、永遠にこのまま……。

「んんんっ……くぅううっ……」

気がつけば、夕希子が動きだしていた。下になっているにもかかわらず、腰を揺らめかせてきた。肉と肉との摩擦感を、少しでも高めようという健気《けなげ》な動きだった。ドスケベな人妻だとは思わなかった。本当は少し思ったけれど、そういうところも愛《いと》おしくてしようがない。

（いっ、いやらしいよな……好きにならずにいられないよ……）

遼一は夕希子の頭の後ろから右手を抜き、上体を起こした。夕希子がひどく淋しそうな眼つきで見つめてきたが、やってみたいことがあった。

両手を伸ばし、夕希子の両腕をつかんだ。夕希子もつかみかえしてくる。その状態で、腰を動かすピッチをあげた。ずんずんっ、ずんずんっ、と渾身の力をこめて突きあげた。

「はっ、はぁあううううーっ！」

夕希子は白い喉を突きだしてのけぞった。遼一が送りこむリズムに合わせて、ふたつの胸のふくらみを、激しいばかりに揺れはずませた。

彼女は両脚を、あられもないM字に開いていた。その中心に、硬く勃起したペニスが埋まっている。こちらはパイパンだし、夕希子も性器のまわりの無駄毛は処理していたから、結合部分がよく見えた。

遼一が腰を引けば、アーモンドピンクの花びらが肉棒に吸いつき、突きあげれば、内側に巻きこまれていく。淫らな蜜をたっぷりと浴びたペニスは、いやらしいほどの光沢をまとって、ヌラヌラと輝いている。

「ダッ、ダメッ……ダメッ……」

夕希子がひきつりきった顔を左右に振る。

「イッ、イッちゃうっ……イッちゃいそうっ……」

遼一は言葉を返さなかった。いまにも泣きだしそうな顔で見つめてくる夕希子を、眼光鋭く睨みつけて、腰を振りたてる。両手を引っぱりながら、ずんずんっ、ずんずんっ、といちばん奥まで亀頭をえぐりこませていく。

たまらなかった。

男に生まれてきてよかったと、いま初めて思った。硬く勃起したペニス一本で、遼一はいま、夕希子を支配していた。支配していることそのものが、快感だった。もっと強い男になり、彼女を翻弄したい。彼女の上に君臨したい。

「あああああーっ！」

夕希子が眼尻と眉尻を限界まで垂らした。眼つきが戸惑っていた。自分の力では制御できない、大きなものに呑みこまれるときの顔をしていた。

「イッ、イクッ……もうイクッ……イクイクイクイクイクッ……はっ、はぁうううううーっ！」

獣じみた悲鳴をあげながらも、夕希子は眼を閉じなかった。喜悦に耐えられず喉を突きだしてのけぞるまで、視線と視線をからみあわせていた。

甘い感じがしただろうか？

メイクラブと呼ぶに相応しいセックスができているのか？

答えは嵐のように吹き荒れる喜悦の向こう側だった。

「でっ、出ますっ！　こっちも出ますっ！」

遼一は叫ぶように言うと、渾身の連打を送りこんだ。ずんっ、と最後に大きく突きあげてから、ペニスを抜き去った。今日は中出しの許可を貰っていなかった。この前大丈夫だったということは、今日はダメな日だろうと思った。

淫らな蜜でネトネトになったペニスをしごくと、ドクンッという衝撃とともに、尿道に灼熱が駆け抜けていった。

「うおおーっ！」

雄叫びをあげた瞬間、マグマの噴射のように白濁液が飛びだした。夕希子のお腹に着弾させるつもりだったが、勢いよく飛びすぎて顔にかかってしまった。生々しいピンク色に染まりきり、くしゃくしゃに歪んでいる美貌に……。

「あああああっ……あああああっ……」

放心状態寸前だった夕希子は、まるで言葉を忘れたようにあえぎながら、顔にかかった精子を指ですくい、舐めた。それから、上体を起こして四つん這いになり、まだビクビクしているペニスをしゃぶってきた。

「ううう〜……」

射精したばかりで敏感になっているペニスをしゃぶられ、遼一は思わず顔を歪めた。それでも、たまらなく嬉しかった。夕希子のような美しい女にお掃除フェラをしてもらえるなんて、この世に生まれてきてよかったと思った。

エピローグ

（結局出せなかったな、辞表……）

会社に向かう住宅街を歩きながら、遼一は自分のいい加減さにうんざりしていた。優柔不断にもほどがある、と思った。

昨日は結局、とっぷりと日が暮れるまで、夕希子とふたりでホテルの部屋にこもっていた。延々とセックスしていた。若い遼一は三度射精を果たすまでおかわりを続けたし、夕希子も数えきれないほどオルガスムスに達していた。たぶん、ゆうに十回以上はイッていただろう。

「それじゃあ、明日も元気に出社してね」

タイトスーツを着て社長の顔に戻った夕希子に言われると、

「はい！　一生懸命頑張ります！」

遼一は能天気に返事をした。三度も立てつづけに濃厚な男の精を放出し、体が軽くなっている感じだったが、頭の中もからっぽになっていたのだろう。あまりにも素晴らしすぎるセックスをやり遂げたあとだったから、この世に悪人などひとりも存在せず、善人ばかりのお花畑だと感じていた。

しかし、よくよく考えてみれば、これはすべて夕希子のシナリオ通りなのだ。

遼一は最初、彼女が自分ひとりのために社員兼セフレを探していたと思っていた。事実は違う。親友であり仕事仲間である他のふたりの欲求不満も解消するため、三人でシェアするのに都合のいい人材を探していたのである。

（けっこう、ひどいよな……人権無視というか、なんというか、バター犬だって普通は専属で飼うものだよ……）

嘆いてみても後の祭り。ＩＵＣの社員を続けるということは、夕希子はもちろん、里美や千登世とも関係を続けるということにほかならない。関係というか、トラブルシューターよろしく、性欲処理の依頼があれば、いつでもどこでも駆けつけて、腰を振らなければならない。

（まあ、三人ともそれぞれ素敵な人だし、びっくりするくらいエロいから、エッチするのはいいんですけどね……いいんですけど……）

どうにも釈然としないものが残る。男のプライドをちょっとは立ててくれる、みたいなところが少しはあってもいいと思うのだが……。

「エッチのときは、キミを立ててるんだからいいじゃない」

と夕希子なら言うだろう。

「ちょっと前まで童貞だったのに、ずいぶん男らしくなったわよ。ベッドの上であれほどわたしを翻弄しておいて、男のプライドとか言われても、ねえ」

とも言うに違いない。

ふーっ、と深い溜息をついた。会社にはすでに到着していた。しかし、玄関扉を開けようとしたとき、ゾクッと背筋が震えた。

嫌な予感がした。

遼一は息をとめ、物音をたてないようにそーっと扉を開いた。オフィスになっているリビングから、かしましい話し声が聞こえてきた。こそこそと靴を脱ぎ、抜き足差し足であがっていく。

「女の性欲は三十五歳がピーク説、本当にリアルよねぇ」

里美の声だった。

「なんだか最近、身に染みてよくわかるわぁ。なにがあったわけでもないんだけどね。新しいラブグッズも買ってないし」

「でも、三十五歳がピークってことは、三十六歳になったら、ピークアウトが始まるってこと？　性欲、なくなっちゃうのかしら？」

これは千登世の声だ。

「なくなりはしないと思うわよ」

夕希子が答える。

「女の場合、男と違って、下降の仕方がゆるやかなのよ」

「でも、感度が悪くなってきたり……」

「やー、それ最悪ね。感度が悪いって、マグロじゃない、マグロ」

「わたし、もうすぐ三十六歳の誕生日じゃない？　みんなより早いから、怖くなってちょっと調べたんだけど、鍛えておけば大丈夫みたいよ」

「鍛える？」

「性感の発達って、舌の感度によく似てるんだって。味覚のピークもだいたい三十五歳。でも、それ以上の年になっても、板前さんとかシェフをやってる人、いくらだっているじゃない？」

「むしろ、三十五歳を過ぎてからが黄金期って感じよね」

「御年八十を過ぎても、お寿司屋さんの大将やってる師匠みたいな人もいるし」

「三十五歳までに味覚を鍛えてるからなんだって」

「おいしいのも食べたり？」

「そー、そー」

「つまり、三十五歳までどれだけ充実した性生活を送るかで、その後のことも決まってくるんだ」

「頑張れば、ピークを維持できたりして」

「もっと頑張れば、四十歳くらいでピークを越えたりして」

「充分、あり得る話なんじゃないかなあ」

遼一は、まわれ右をして帰りたくなった。ただでさえ性欲モンスターの彼女たちが、今後のために眼の色を変えて女の悦びを求める姿が、あまりも生々しく想像できてしまったからである。

（了）

※本作品はフィクションです。
作品内の人名、地名、団体名等は
実在のものとは関係ありません。

長編小説

人妻《ひとづま》 35歳《さい》のひみつ

草凪《くさなぎ》 優《ゆう》

2021年12月6日　初版第一刷発行

ブックデザイン……………………… 橋元浩明(sowhat.Inc.)

発行人……………………………………………… 後藤明信
発行所…………………………………… 株式会社竹書房
〒102-0075　東京都千代田区三番町8－1
三番町東急ビル6F
email：info@takeshobo.co.jp
http://www.takeshobo.co.jp
印刷・製本……………………… 中央精版印刷株式会社